目次

主な登場人物

黒駒吉蔵……………甲斐国の牧で育ち、いまは江戸に住む岡っ引。馬を自在に操り、『爪　黒駒屋』の主でもある。

坂崎大和守定勝……先の甲府勤番支配。御用聞きだった吉蔵を、江戸に連れ帰り、中間として奉公させていた。

金子十兵衛…………北町奉行所与力。坂崎と懇意の仲で、吉蔵に江戸で岡っ引となるよう働きかける。

菱田平八郎…………北町奉行所臨時廻りの同心。吉蔵の主で、十手を預けている。

佐世…………………平八郎の娘。吉蔵に思いを寄せる。

清五郎………………元北町奉行所定町廻りの岡っ引。吉蔵の親ほどの年だが、探索の手助けをしている。

ねね…………………清五郎の娘。居酒屋『おふね』を、亭主の松五郎ときりもりする。

金平…………………吉蔵の手下として働く。おっちょこちょいだが、機転が利く。

おきよ………………坂崎家で下女中として働いていた老女。いまは吉蔵の世話をする。

馬駆ける

岡っ引黒駒吉蔵

第一話　雪融け

一

「まつや〜まつや〜かざりまつや〜」

門松売りが松の枝を担《かつ》ぎ、大声を上げて通り過ぎると、今度は平たい板の上に福寿草《ふくじゅそう》の鉢を載せ、それを天秤棒で担いだ男が一方からやって来る。

「ふくじゅそう〜ふくじゅそう〜」

するとそれを待ち受けていたように、松をおくれ、福寿草はいくらだと、人々が物売りを呼び止める。

そんな光景が、大道で、横町で、はたまた裏店《うらだな》の路地でも見受けられる歳の暮れ。江戸の街の喧騒は格別で、正月に使う飾り物や食材を我先にと買い求める人たちで、町中活気に満ちている。

「親分、こういう活気に満ちた街を見るのはいいじゃありやせんか。こちとら巾《きん》着《ちゃく》はすっからかんでも、正月もまもなくかと思うと、胸がわくわくしますからね」

金平《きんぺい》は忙しく行き来する人々を眺めながら浮かれた顔だ。

「金平、巾着がすっからかんとは俺のせいだといいたいのか？」

吉蔵《きちぞう》は苦笑して金平の顔を見た。

「とんでもねえ、親分からはきちんきちんと、お手当をいただいておりやすから、へい」

金平は頭を掻《か》いて肩をすくめると、

「いつも思うんですが、商いでがっぽがっぽ金銀が懐《ふところ》に入る商人に比べ、長屋で暮らす人々は、やっとこさっとこのその日暮らし。花見だ祭りだと、その都度鬱《うっ》屈《くっ》したものを発散させていやすけど、本当は、暮らしは楽じゃねえ。そんなところを年中見ているんですから、こうして猫も杓子《しゃくし》も正月を迎えるんだと嬉々としているところを見ると、巾着の中身は関係なく心ウキウキするもんでございやして……」

「確かにな……年末のこの様子を見ていると、皆が皆、暮らし向きにはなんの憂いもねえように見えるからな」

　往来する人々に視線を投げた。

　この親分と呼ばれている吉蔵は、北町奉行所の臨時廻り同心、菱田《ひしだ》平八郎《へいはちろう》から十手《じって》を預かる岡っ引で黒駒《くろこまの》吉蔵という。そして金平というのは吉蔵の手下だ。

　二人は暮れの町の見回りをしているところだ。

「うちの長屋の為蔵《ためぞう》ってえ鋳掛《いか》け屋のとっつぁんがいるんですがね。その女房が、まあ気が強くて、いつも亭主をやり込めている。銭がねえ、暮らしていけねえ、お上は何もしてくれねえなどと、不満たらたら。それが正月を迎えるとなると、長屋の中でもいの一番に、荒神松《こうじんまつ》は買ったのか……御神酒《おみき》は……餅はどうするんだって大騒ぎして、正月の準備に駆け回るんですから……」

　くすくす笑いながら金平は言う。

「いいじゃねえか。俺が暮らしていた甲州じゃあ、百姓は米を作っていても口に出来るのは盆と正月ぐれえなもんだ。そこへいくと、江戸の者たちは年中米の飯を食ってるんだから、貧乏だと言っても程度が違う」

　吉蔵は金平に甲州の暮らしを説明しながら、俄《にわか》に生まれてからつい五年前まで暮らしていた甲州でのことを思い出した。

吉蔵の出生地は、甲斐国《かいのくに》笛吹川支流域にある。

江戸とは無縁の地だが、二歳か三歳の頃に母親が亡くなり、吉蔵が五歳になると、父親は吉蔵を知り合いの馬の牧の主に預けて江戸に出て行ってしまったのだ。以後父親からは音沙汰はなく、吉蔵は長じると牧を出て甲府に住まいし、御用聞きとして甲府城に勤番する加勤と呼ばれる勤番士の手助けをしていたのだ。

吉蔵は牧にいたから馬にも乗れる。機転も利くし甲府城下で発生した犯罪の探索にも一役かっていた。

この吉蔵の働きを耳にしていた当時勤番支配だった坂崎定勝《さかざきさだかつ》は、役目を終えて江戸に戻るおり、吉蔵を説得して江戸に連れて来たのである。

吉蔵は坂崎家の奉公人として一年過ごし、そののち坂崎家と縁のあった北町奉行所の与力《よりき》に請われて、今は同心菱田平八郎の手下として働いている。

「お、親分、喧嘩だ！」

突然金平が立ち止まって見た前方で、男二人がとっくみ合い、転げ回って殴り合っている。

柳原土手にはずらりと店が建ち並んでいるが、その往来に野次馬が二人を囲むようにして集まっていて、「やれやれ！」とか「止めろ止めろ！」とか好き勝手な大声を掛け、二人の喧嘩を止めるどころか、むしろ煽《あお》っている。

吉蔵と金平は走り寄った。

「どけどけ、大伝馬町《おおでんまちょう》の吉蔵親分だ！」

金平が大声を上げて人垣を分ければ、

「暮れの市に喧嘩は御法度《ごはっと》だ。止めろ！」

吉蔵は、摑み合っている二人に歩み寄り、二人の腕を両手で摑んだ。

だが二人は、一瞬手を止めて吉蔵の顔を見るには見たが、すぐに舌打ちして吉蔵の手を振りほどくと、また殴り合いを始めた。

二人ともいなせな男である。少し離れた野次馬の足元には魚桶二つと天秤棒が転がっていて、その背後にある借り店の小屋には、正月のお飾りにする注連《しめ》飾り、歯朶《しだ》、譲葉《ゆずりは》、干し柿などが見える。

――ははん……。

どうやら摑み合いをやっている男は、一人は棒手振《ぼてふり》の魚屋で、もう一人は正月のお飾りの店を出している鳶《とび》の男のようだと吉蔵は察した。

「止めろって！……お縄になりてえのか。こちら北町の御奉行所から十手を預かっている黒駒吉蔵親分だ！」

また金平が声高《こわだか》に叫んだ。二人はぱたりと摑み合いの手を止めて、

「吉蔵の親分さん……」

吉蔵の顔を見た。

「年の暮れの往来だ。派手な喧嘩をしては通行人の邪魔になる」

吉蔵は二人を厳しい顔で睨《にら》み付けた。

「吉蔵親分、悪いのはあっしじゃねえ。こいつがあっしの魚にケチをつけたんで。売れ残っているのは、おめえが売る魚には活《い》きがねえからだって」

魚屋の男は、お飾りの店の男をきっと睨んだ。すると、

「おまえこそ……この店の歯朶はしなびている、この干し柿は貧相だ、これじゃあ正月が来ても福はよりつかねえ、そう言ったじゃねえか」

また摑み合いになりそうな気配だ。

「まあまあ、お互いにケチをつけ合ってどうするんだい。歳の暮れだぜ。ここは一年を締めるところだ。いろいろ辛いことがあった一年だったとしても、ここで清算して、さあ、年が明けたら新しい気持ちでもって頑張ろう。そういうところじゃねえか。喧嘩している場合じゃねえ」

吉蔵の強い言葉で二人の顔が一瞬怯《ひる》む。吉蔵は更に険しい顔で二人を睨み据え

て言った。

「どうしても未だ摑み合いの喧嘩をしたいなら、ここじゃあ往来の妨げになる。そこの、神田川の河原にでも行って、どちらか死ぬまでやるがいいぜ。なあに、なんなら見届けてやってもいいんだ。殺された者は今日で終わりだし、殺した者は遠島だな。二人とも人生終わりだってことだ」

「お、親分、何もあっしは、こいつの命をとろうなんて……」

魚屋の男がもごもご言いながら、相手の胸を摑んでいた手を放した。すると、お飾りの店の男も、魚屋を摑んでいた手を放し、

「謝ってくれればいいんだって……」

互いに睨み合う。もはや殴り合う気力は失《う》せたようだ。

吉蔵は、その二人の手をとると、互いの手を重ね合わせて二人の顔に笑いかけた。

「良い正月を迎えるんだ」

「お、親分……」

二人は妙に感激したらしく、吉蔵に照れた笑みを送ってきた。

「まったく……いい歳をして。あの二人、あっしよりずっと年上だぜ。恥ずかしくないのかね」

吉蔵と金平は、柳原の店を見回って神田川の土手に出た。

この頃は河岸地《かしち》のあっちでも、こっちでも、たくさんの凧《たこ》が揚がっている。奴凧《やっこ》、武者《むしゃ》凧、字凧、その中に吉蔵が営《いとな》む凧店『黒駒屋』の黒一色の馬の凧も幾つか見える。

やはり黒駒は、どの凧よりも力強く見えて良く目立つ。その昔聖徳太子《しょうとくたいし》が乗った馬と知ればなおさらだ。

「えい、やったぞ。わーい！」

ひときわ大声を上げて喜ぶのは、町人の男児二人連れだ。

二人の凧は虎の絵の凧だ。たった今空高く揚がって、ぶうぶうと凧がうなり声を上げ始めたのだ。まるで口を開けている虎が辺りを威嚇しているように聞こえる。

この凧のうなりは、凧に丸竹や割り竹で弓幹《ゆがら》を作り、それに籐《とう》を裂いた繊維や鯨の髭《ひげ》を薄く裂いたものを弦《つる》として弓幹に張り、それを凧の上部に取り付けた物が風を受けてうなり声を上げているのだ。

うなり声の大きさを競うのも、凧を揚げる楽しみになっている。

「親分、黒駒の凧もあがっていやすよ。ひい、ふう、みい……」

金平が楽しそうに数えている時、

「行け、行け、やっつけろ！」

黒駒の凧を飛ばしていた侍の倅《せがれ》だと思われる少年二人が大声を上げ、凧の紐《ひも》を誘導しながら、虎の凧に黒駒の凧を近づけ始めた。

「あれ、まさかまさか」

金平が心配して呟《つぶや》いた。

侍の少年があやつる黒駒の凧の糸が、町人の少年があやつる虎の凧の糸に絡まった。すると次の瞬間、虎の凧の糸がぷっつりと切れてしまった。

「ああ！……」

町人の男児二人は悲鳴を上げる。虎の凧は、あらぬ方に飛んで行く。

「待って、待って、待ってくれ！」

追っかけて行く町人の子供二人を見て、

「なんてことをするんだよ。よりにもよって黒駒の凧で卑怯な真似を……」

金平が呟くと、

「がんぎにやられたんだな。金平、助けてやれ」

吉蔵は泣きながら凧を追っかけて行く、町人の少年二人を見て言った。

がんぎとは、凧に剃刀《かみそり》を仕込んだり、また糸にギヤマンの粉を松ヤニで固め込んだりして、相手の凧糸に近づけて糸を切り、凧を空に飛ばすことだ。

これをやられると、手元に凧が戻ることは無い。

吉蔵は、勝った勝ったと声を上げている侍の少年に近づいて声を掛けた。

「黒駒は良く飛ぶだろう？」

二人の侍の少年は、嬉しそうに首を何度も振ってみせた。だが直《す》ぐに、吉蔵の顔を見てあっとなった。

吉蔵の方も二人の顔には見覚えがあった。半月ほど前に黒駒の凧を買いに来た二人だった。

「だがな、黒駒は人の嫌がることとなんてしねえんだ。仲良く空を走る。そういう馬なんだ」

侍の少年二人は、困った顔で俯《うつむ》いた。その手はしっかりと凧の糸を握っている。

「ぼっちゃんたちは、虎の凧の子たちとは友達ですかな」

困惑気味の二人の少年の顔を覗《のぞ》いて質《ただ》すと、二人は首を横に振った。

「そうか、知らない子だったんだな。じゃあ、がんぎで糸を切るのは止《よ》したほうがいいな。お互いが競い合い、闘うという約束で凧を揚げているのなら糸を切るのもそれは良い。だが、知らない子の凧の糸を切るのは良くないな」

「すみません」

侍の少年の一人が、ぼそっと言ったその時、

「親分」

金平が、二人の町人の少年と、糸の切れた虎の凧を手にした見知らぬお店者《たなもの》と思われる男と一緒に戻って来た。

「この人が切れた凧を拾ってくれたんでさ」

金平は連れだって来たお店者の男にちらりと視線をやった。

「むこうの土手から凧揚げを見ていたんです。懐かしくて……そしたら糸を切られて凧が飛んで来たものですから」

お店者の男は、涙目の町人の少年に凧糸を持って来させると、虎の凧に糸を繋ぎ、ついでに上部の竹を少し弓状に反《そ》らして、

「この方が良く飛ぶぞ。それからな、尻尾をつけてやると安定するんだ」

凧の不具合も直して町人の少年に手渡した。

「ありがとうございました」

少年二人は男に頭を下げた。

吉蔵は、侍の少年と町人の少年の手を重ねて、仲良く凧を揚げるよう言い聞かせた。少年四人は、きまり悪そうだったが、素直に頷《うなず》く。

「ようし、このお兄さんが凧の揚げ方を教えてやろう」

金平はそう言うと、少年四人を連れて河岸地に走って行った。

吉蔵とお店者の男は、歓声を上げて凧を揚げる金平や子供たちを眺めていたが、

「親父とよく凧を揚げましたよ」

お店者の男は、ぽつりと言った。

吉蔵はお店者の横顔を見た。寂しそうな懐かしそうな笑みを浮かべている。色の白い引き締まった顔をした男だった。

吉蔵は視線を河岸地の凧に戻すと、少し間を置いて言った。

「そうですか、あっしも親父と凧揚げをしたのを、ぼんやりと覚えていますよ」

吉蔵も薄い笑みを漏らした。

父親との記憶にあるのは、たった二つ。一緒に凧を揚げたことと、吉蔵を牧に預けて帰って行くところだ。いずれも父親の後ろ姿だった。

凧揚げをしている時の父の背中は楽しそうで、吉蔵も嬉しかったのを覚えている。

だが、牧に吉蔵を置いて帰って行く父の背中は、まるで吉蔵から逃げて行くように思えた。

吉蔵の記憶の中にある父には顔が無い。いくら思い返しても想像すら出来ない。だが、顔が不明でも父への慕情は胸から消えることはない。むしろ年々父への想いは熱くなっていく。

この江戸に暮らすようになってから、その想いは強くなった。

――必ず父を探し出す。

吉蔵はそう胸に誓っているのだった。

「私はいつか大凧を揚げてみたいものだと思っていますよ」

お店者の男はそう呟くと、吉蔵に顔を向けて、

「その時には是非一緒に……私は呉服太物を商う富田屋《とみたや》の手代で直次郎《なおじろう》という者です」

名を名乗った。

「あっしは大伝馬町で黒駒屋という凧屋をやっている吉蔵です」

吉蔵も名を告げると、直次郎はあっと気付いて、

「そうですか、黒駒の……噂は聞いています」

河岸地で飛ぶ黒駒に改めて視線を流すと、

「ならば心強い。大凧、楽しみにしています」

直次郎はにこりと笑うと頭を下げ、急ぎ足で帰って行った。

「親分、あの人は余程凧が好きなんですね」

吉蔵の元に走って戻って来た金平が、直次郎の背を見送りながら言った。

「らしいな。名は直次郎。呉服問屋富田屋の手代らしい」

吉蔵も、足早に帰って行く直次郎を見送った。

二

「雪だ、雪が降って来たぞ」

誰かが声を上げた。いよいよ年も押し詰まった夕暮れ時、薄墨色に染まったどんよりとした空から、ちらりほらりと雪が落ちて来た。初雪だった。

見回りをしていた吉蔵と金平は、両国橋を渡っていたところだったが、立ち止

まって空を見上げた。

ふわりとした柔らかい雪が落ちてくる。掌《てのひら》に受けると、直ぐにすっと消えていく。

「十日もすれば正月だというのに。本降りになれば晦日《みそか》まで見回りするのも大変だな」

吉蔵が呟くと、

「親分、おはるさん、大丈夫ですかね」

金平がふっと思いだして言った。

おはるとは、浜町堀に架かる汐見橋辺の河岸地で、葦簀《よしず》張りの田楽の店を出している女のことだ。

数日前にも見回りで立ち寄ったところだが、大きな腹を抱えていて、まもなく産み月だと思われるに、一人で店を切り盛りしている。

「亭主に手伝ってもらったらどうなんだ……一人じゃ大変じゃないか」

吉蔵がそう言った時、おはるは笑みをみせて、

「大丈夫です。心配して下さってありがとうございます」

両手でこぶしを作って、二度、力を込めて振ってみせたが、その頬をふっと寂

しさが通り抜けたのを、吉蔵は見逃してはいなかった。

――何か深い事情があるようだな。

吉蔵はそう思った。だが、それ以上立ち入ったことは訊かなかった。

ただその時、葦簀張りの店をながめて、雨や雪、暴風などの悪天候には店じまいをしなければならないだろうが、大きな腹を抱えていては難儀ではないか……とふと思ったものだ。

葦簀張りの店というのは、壁も天井も葦簀で出来ている。だから雨が降れば店は水浸しになるし、雪が積もれば屋根が落ちる。また強風に襲われれば壁だって屋根だって吹き飛ばされる。

冬は特に店の中とはいえ葦簀張りでは寒い。酒も出すから、客も来るには来るだろうが、妊娠している女の身体には良くないにきまっている。

おはるは二年前までは四十代半ばの母親と店をやっていたらしい。だがその母親は、二年前に流行病《はやりやまい》で亡くなったのだと聞いている。

母親の死後、一人で店を出すのは大変だろうとお客は思っていたらしいが、おはるは以前にも増して田楽の味に拘《こだわ》り、休まず店を出しているのだった。

「よし、今日はおはるの店を覗いてみるか」

吉蔵は言った。

二人は両国から浜町堀に向かった。

雪は次第にちらちらと降るようになり、おはるの店に着いた時には、人の往来も途絶えていた。

「親分……」

金平が立ち止まって前方に視線を投げた。

二人が立ち止まった場所から葦簀張りの店まで五間、雪が降る中で、腹をさすりながら店の道具を片付けているおはるの姿が見えた。

おはるはいつも、落ち着いた黄色地に、赤と濃い緑の細い縞模様の木綿《もめん》の着物を着ているから一目で分かる。

「危ない！」

思わず吉蔵が声を上げた。

おはるが、腰掛けを持ち上げて一歩前に出たところで、蹴躓《けつまず》いたのだ。腰掛けを落とすと同時に、転げそうになってしまった。

吉蔵と金平は急いで店に走った。

そして、腰掛けを次々と店の奥の小さな物置に運び、次には葦簀を取り外して巻き、これも物置の前に立てかけて片付けた。

「ありがとうございます。助かりました」

おはるは礼を述べると、火を落とした七輪に掛けた鍋にあった燗徳利《かんどっくり》を取りあげると、二人に盃《さかずき》を渡した。

「残り物ですが、どうぞ」

「いいのかい……」

吉蔵は、おはるの顔色を窺ってから、金平と二人で燗徳利の酒を傾けた。

「この雪、積もるのかしら。積もれば商売はあがったりですから」

落ちてくる雪を眺めながら、おはるが訊くともなしに口走るのへ、吉蔵は盃の酒を飲み干してから、

「おはるさん、あっしは心配して尋ねるんだが、その身体じゃあ商いは無理なんじゃねえか。おっかさんが居れば話は別だが、せめて店を出す時と仕舞う時ぐらい、亭主に手伝ってもらっては……」

腹をさすっているおはるに言った。

「ええ、でも、私、亭主はいないんです」

おはるは寂しげな笑みをみせた。

やはりそうかと、吉蔵と金平が顔を見合わせ、案じ顔をおはるに戻すと、

「このお腹の父親は、今はどこかの国で商いをしている筈なんです。與之助《よのすけ》さんていう人なんですが、富山の薬売りですから」

おはるは言った。

「この江戸には何時《いつ》来るんだい？」

案じ顔の吉蔵に、

「分かりません。便りもここのとこ途絶えていて……でも、今度この江戸にやって来た時には、私と一緒になってくれるって約束してくれたんですから。だから私、この子と待つつもりです」

吉蔵は返事のしようがなかった。途方もない話だと思った。信用するのも難しい話だが、黙って頷き、

「そうかい、そういう事情があったのかい」

労《いたわ》るような目で吉蔵は相槌を打った。

「與之助さんを待つ間、私、この店を続けます。だってこの店、おっかさんが命を懸けて、ようやくここまで……」

おはるは急に涙ぐんで、袖で涙を拭うと、

「私とおっかさんは、国では暮らせなくなって、このお江戸に出て来たんです。はじめは日雇取《ひようとり》や内職で日銭を稼いでいたんですが、そのうちに屋台を出すようになって、お客さんも増え、お金も貯めて、ここに店を持ったのです。おっかさんの魂が籠もっているこの店を、私はなんとしても繁盛させて、次にはもっと良い場所に田楽の店を持つこと、それが夢なんです。お腹に子が出来たと言って、甘えてはいられないんです」

おはるは初めて胸の内を打ち明けた。

「ようく分かったよ、おはるさん。くれぐれも身体を労るんだぜ。何か困ったことがあれば、言ってくれ」

吉蔵はそう告げると立ち上がった。

「あっ、待って」

おはるは慌てて、焼き上げた味噌田楽を竹皮に包むと、吉蔵に手渡した。

「残り物ですが、豆腐とこんにゃくの味噌田楽です。味噌にはたっぷりと柚《ゆず》を混ぜています。ちょっと炙《あぶ》って召し上がって下さい」

「親分、大変です。親分！」

表の戸を叩く金平の声がする。

「吉さん……」

朝食の膳を前にして飯櫃《めしびつ》から茶碗に飯を盛っていたおきよは、茶碗を吉蔵に手渡すと玄関に急いだ。

すぐに金平が転がり込んで来た。

「こ、殺しですぜ」

「何、どこだ？」

「へい、亀井町です。亀井町の神田堀に死人が浮いているって。うちの長屋の者が通りかかって、大騒ぎになってるって知らせてくれたんです」

「分かった、お前はすぐに清五郎《せいごろう》の親父さんに知らせてくれ」

吉蔵は茶碗を置いて立ち上がった。

すぐに着物の裾《すそ》をはしょると神棚の十手を取って、急いで玄関に出る。

吉蔵の家の土間は凧屋の店になっていて、ずらりと黒駒の凧がところせましと並んでいる。

いずれの黒駒もたてがみを靡《なび》かせて宙を飛んでいるような勇壮な黒い毛の馬だ。

店の奥正面には畳一枚ほどの黒駒の凧が飾ってあるのだが、おきよはその前に

座って、

「いってらっしゃいませ、ご無事で」

と火打ち石を打って送り出す。

おきよは万事物言いも物腰も鷹揚《おうよう》だ。甲斐国の牧で育った野暮《やぼ》な吉蔵とは不釣り合いに見える。

それもその筈で、おきよは甲府勤番支配だった坂崎家で、十六の時から五十半ばまで下女中奉公をしていた人だ。

そのおきよが何故吉蔵の家で食事の世話をしてくれているのかといえば、吉蔵の暮らしを案じた坂崎が寄越してくれた人なのだ。

口うるさいが、幼い頃に母を亡くした吉蔵には、今や母親のような存在になっている。

「行って来る」

吉蔵はおきよに小さく頷くと、大伝馬町の居宅を出た。

三日前の雪は一尺ほども積もり、御府内は白一色に染まっていたが、今日は残雪が道の端に見えるばかり。通りは雪融けの水たまりも消えていて、吉蔵は小走りして亀井町の神田堀に向かった。

既に死体は亀井町の番屋の小者たちが堀から引き揚げていて、筵《むしろ》が掛けられていた。

「これは吉蔵親分」

すぐに番屋の小者が吉蔵を迎えて、死体に掛けてある筵を捲《めく》った。

かっと目を剝《む》き、空を睨《にら》んだ顔が、まず吉蔵の目に飛び込んで来た。年の頃は六十前後、褐色の肌をした、眉の濃い男だった。

傲岸にも見えるその顔から、生きていた頃にはさぞかし押しを効かせて暮らしていたのだろうと思われる。

吉蔵は死体の側にしゃがみこむと、まずその目を閉じてやり、じいっとながめた。

着物は茶色地の紬《つむぎ》の小袖、同布の羽織を着ていて、裏店に住んでいるような人間ではなく、おそらく商人だろうと思った。

吉蔵は、胸を広げた。着物の胸の辺りに刃物の跡を見たからだ。

「これは……！」

吉蔵は、心の臓辺りに深い傷を見付けた。傷口を見る限り、獲物は小刀か匕首《あいくち》か、まっすぐ心の臓を狙っている。刺し傷に迷いのあとは見られなかった。

喧嘩の沙汰のいさかいや突発的にこの男を狙った傷ではないと思った。

――最初から殺すつもりで狙ったものだ。

下手人の目的は、殺人のためか物盗りのためか……吉蔵は死体の懐を探ってみた。懐には財布も紙入れも無かった。

「財布が無くなっているが……」

吉蔵は小者たちに顔を向けた。小者たちは皆知らぬと首を振る。

――すると……。

懐にあった財布と紙入れなどは、流されたか堀の底に沈んでしまったか、いずれかということになる。

思案の顔で死体を眺めている吉蔵のもとに、

「吉さん、殺しだな」

清五郎と金平、それに平八郎もやって来た。吉蔵は立ち上がって迎えると、

「身元が分かるものは何一つ身に付けてはおりやせん」

死体の男の顔を見下ろして言った。

「うむ」

平八郎は腰を落として死体を眺める。吉蔵が胸の傷を平八郎に示すと、

「水も飲んでいないようだ。殺したのちに、この神田堀に放り込んだんだな」

平八郎が呟いたその時、じいっと死体の顔を見ていた清五郎が、

「旦那、あっしはこの男の顔、見覚えがございやす」

記憶を辿るような顔で言った。

清五郎はついこの間まで岡っ引をやっていた男である。十手を預かっていた同心が隠居し、また丁度その頃、暮らしを支えてくれていた女房が急死して、十手を返納した男だった。

ところが吉蔵が岡っ引になる時に、与力の金子《かねこ》十兵衛《じゅうべえ》から、吉蔵の手助けをしてやってほしいと頼まれたのだ。

「清五郎の長年の経験を吉蔵に教えてやってほしいのだ」

そう言われては断れない。また、一度は十手を手放したものの、やはりまだやり残したという未練もあった。

そこで清五郎は喜んで吉蔵の補佐役を引き受けたのだった。齢《よわい》六十になろうとしているところだが、まだまだ岡っ引としての目に狂いはない。

「清五郎、誰だ、この男は……」

平八郎は期待の目を清五郎に向けたが、清五郎は額をとんとんと叩いて、

「いけねえ。ここまで出て来ているんだが」

と喉元を指して苦笑し、

「名前が出てこねえ。近頃は歳のせいか……すみやせん、少し待って下さいやし」

困惑しきりで唸っているところに、

「清五郎さん、その男は金貸しの宇兵衛《うへえ》ですよ」

野次馬を割って近づいて来た男がいる。

「一文字屋《いちもんじや》……」

清五郎は近づいて来た男を迎えて、ほっとした顔をしてみせた。

一文字屋とは大伝馬町に店を張るよみうり屋のことだ。近づいて来た男は、一文字屋の主で幸介《こうすけ》という。

一文字屋は先代の頃から北町奉行所とは懇意の仲で、時にはよみうりの記事を書くために仕入れた話を、同心や岡っ引に知らせてくれることもある。

またそれとは逆に、事件の犯人が判明した時など、北町の同心や岡っ引は、いの一番に一文字屋に書かせてやるという仲だ。お互い持ちつ持たれつというところだ。

「幸介さん、そうだよ、おまえさんの言う通り、この男は宇兵衛だよ」

清五郎は思いだして、ぽんと額を打ってみせた。

「平八郎の旦那、吉蔵親分、この男は鬼のような取り立てをする男だと聞いていますぜ。この男に金を借りたばっかりに、土地も家も取られて一家離散した者も一人や二人ではないようです。恨んでいる者はたくさんいた筈です」

幸介は死体の顔を眺めながら告げると、

「まっ、私の知っていることはそれぐらいですがね。旦那、吉蔵さん、下手人が分かりやしたその時には、忘れずに是非あっしにお知らせ下さいやし」

にやりと笑みを見せると、会釈《えしやく》して野次馬のところまで引き下がって行った。

「旦那、この遺体の状態からみると、殺されたのは昨日の夜だと思われやす」

清五郎は平八郎に言った。

すると今度は吉蔵が、番屋の小者たちに質《ただ》した。

「まだ殺しを実見した者はいないのだな」

「へい、殺しが夜行われたとなるとなおさら。昨夜は月の光もまだ弱く、それに人通りもこの辺りは夜には少なくなりやすから」

年寄りの小者が説明してくれた。他の小者たちは、その言葉に皆揃って頷いた。

三

宇兵衛の遺体を、亀井町の番屋から戸板に乗せて送り出したのはまもなくのこと、平八郎と吉蔵も付き添って宇兵衛の店に向かった。

清五郎と金平は、神田堀に隣接する街に聞き込みをするために亀井町に残った。

宇兵衛の店は、米沢町一丁目の横町にあった。

横町の道の両脇には八百屋や下駄屋などの小体《こてい》な店が並んでいて、その中に紙を短冊のように切り、はたきのように束ねて軒《のき》に吊した店が、宇兵衛が営む質屋だった。

「質屋は表看板、中身は高利貸しということか」

平八郎が質屋の看板をながめて呟いた。

近頃は質草を預かり、ちまちまと法に定められた利鞘《りざや》を稼ぐより、隠れ高利貸しの商いに精を出す者が多くなっている。

宇兵衛の遺体を店の土間に運び込むと、奥から出て来た女房は土間に飛び降りて来て、遺体に掛けてある筵を剝がすと、

「おまえさん！」

驚愕して何度も呼びかけた。だがまもなくあきらめ顔で、見守っている平八郎と吉蔵に顔を向けると、

「いったい、これはどういうことなんですか……亭主は誰かに殺されたんですか……なら下手人は？」

矢継ぎ早に尋ねてきた。

まるで亭主が殺されたことに、平八郎や吉蔵に手落ちがあったがごとく、怒りの目になっている。

「亀井町の神田堀に投げ込まれていたんだ。死因は刃物による失血。心の臓をやられている。下手人は不明だ」

吉蔵が告げると、

「なんてこと……」

女房は亭主の顔を見詰めながら、ようやく夫が何者かに襲われたのだと察したらしく、涙を流した。

吉蔵と平八郎は、女房の気持ちが落ち着くのを待った。そして、

「旦那は夕べはどこに行ったんだ。誰に会いに出かけたんだい？」

吉蔵が訊いた。

女房は涙を拭うと、弱々しい声で言う。

「聞いていません。取り立てに行ってくると、それだけ言って出かけていきました。いつもそうなんです。取り立ても一件や二件ではありませんから」

「殺されていた者が宇兵衛だと分かったのは、宇兵衛の顔を知っていた者がいたからなんだが、亭主の遺体を堀からひき揚げたとき、身元が分かるものは何ひとつ持っていなかったのだ」

「物盗りなんですか……下手人は夫が取り立てたお金が目当てだったのでしょうか」

女房は尋ねるが、

「物盗りか恨みによる殺しか、今のところ不明だ。だが、この寒空に殺したのちに、ご丁寧にも堀に投げ入れるというのは、憎しみがあってのことと考えられる」

平八郎の言葉に、

「いったい誰が……」

女房は途方にくれている顔だ。

亭主の宇兵衛の顔を見た時、死体とはいえ随分と傲岸な印象だったのに比べると、女房は気弱な感じのする女だった。

白髪交じりの髪の毛も、化粧っ気のない老いた顔も、宇兵衛とは真逆の印象を受けた。

「心当たりはないんだな」

平八郎が尋ねるが、女房は首を横に振る。

「亭主はずいぶんと阿漕《あこぎ》な高利貸しだったと聞いているが？」

すると女房は、黙って俯いた。女房も亭主宇兵衛の遣りくちを知っていたようだ。だがすぐに顔を上げると、

「確かに恨んでいた人もいたと思います。お上が決めている利子よりはるかに高い利子で貸していましたから……でもそれだって、どこにも相手にされなくなって、途方にくれてここにやって来た人たちなんです。借りに来る時は死に物狂い、でも返済となると恨み辛みを言ってくる。私は夫には、あんまり阿漕な商いはやめるようなんども言いました。でも、お前はわしが、ここまで苦労をしてきたことを、どう思っているんだって叱られまして……」

女房の話によれば、宇兵衛は十年前、上総《かずさ》で紙屋を営んでいたが、店を改築し

た時に高利貸しから金を借りた。

それまでの景気を考えると、一年間あれば返せない借金ではなかったのだ。

ところが、盗賊に入られて、全財産を入れていた金箱を奪われた。

命あってのものだねといえばそれまでだが、高利貸しに返済することが出来なくなった。国を捨てて、この江戸に暮らすようになったのだという。

「善人を気取る者、正直者は馬鹿を見るのだ。お縄を掛けられぬようぎりぎりのところで商いをすればいいんだ。それがようやく分かったと、亭主はそのように申しまして、私の意見など聞き入れてはくれませんでした。私もこれまでの苦労を知っていますから、だんだん何も言えなくなって……」

「おかみさん」

吉蔵は女房の話に相槌を打つと、宇兵衛が取り立てに出向く折に持参するものを尋ねてみた。

「先にも言った通り、死体を引き揚げた時、何も持っていなかったんだ。財布も紙入れも」

すると女房は、夫の死に顔を見ながら、

「外に取り立てに出る時には、取り立て先にお金を貸した折の証文、取り立てたお金を入れる巾着、自分の財布、紙入れ、手巾……それは必ず持参します」

混乱している頭の中を、ひとつひとつ確認するように並べた。そして、はっとした顔を向けると、

「煙草の好きな人でした。煙草入れも持っていたと思います」

そう付け加えた。吉蔵は更に問い質す。

「財布や紙入れ、それに煙草入れに煙管《きせる》など、どのような細工の物を持参していたのか教えてくれないか。あっしはあの堀の中にそれら全て落としてしまったとは思えねえ。下手人に繋がる証拠の品になるかもしれねえんだ」

女房は頷くと、一縷《いちる》の望みを掛けた目で、宇兵衛が常々携帯している物を挙げた。

「お財布と煙草入れは深川の袋物師、徳兵衛《とくべえ》親方に特注して作ったものです。いずれも革で色は焦げ茶色。煙草入れには網代《あじろ》編みの煙管筒がついていまして……」

「網代編みというのは、木や竹や草を細く薄く加工した物で編んだものだな」

吉蔵が念を入れて訊く。

「はい、そうです。夫は大変気にいっていました。その網代編みの煙管筒の中には、日本橋の小間物屋『田代屋《たしろや》』さんの仲介で作ってもらった煙管が入っている筈です。煙管は煙管師の喜八《きはち》さんという人の作品です。雁首と吸い口は真鍮《しんちゅう》で、そこにはまむしが鎌首をもたげた姿を彫ってありました」

「何、まむしを……」

平八郎は聞き返す。年寄りにしては随分攻撃的な趣味だと思ったのだ。

いい歳をして……でも女房は苦笑して、

「負けてなるものかと……隙をみせたら終わりだと常に身構えていましたから、夫は持ち物には念を入れておりました。ですから今お伝えした物は、常に肌身離さず携帯しておりました」

「いずれも値打ちのある代物だな。そんな持ち物に気付けばネコババもしたくなるだろうよ。おかみさん、もうひとつ、頼みてえことがある。常々記帳していた大福帳、それにお客との貸借の証文を見せてもらいてえ」

吉蔵は言った。

「いらっしゃいませ。そちらが空いています。どうぞ」

階下から潑剌《はつらつ》とした声が聞こえて来る。客を迎えるその声は、清五郎の娘、おねねである。

「旦那……」

吉蔵は平八郎の盃にとっくりの酒を注ぐ。

平八郎と吉蔵は、おねねがやっている居酒屋『おふね』で、清五郎が帰って来るのを待っているのだった。

吉蔵の膝元には、風呂敷包みが見える。その風呂敷には、今日宇兵衛の店から預かって来た大福帳二冊と証文を入れた箱が包んである。

「うむ、うまいな。この酒は辛口で切れがいい」

平八郎は満足げに酒を空ける。

吉蔵と平八郎は、あれから宇兵衛の葬儀の準備を手伝っている。

女房はあのあとおすまと名乗ったが、宇兵衛とは二人暮らしで、通いの手代が一人いるだけだと吉蔵たちに告げたのだ。

江戸に身よりもないらしく、平八郎と吉蔵は、話を聞いて気の毒になり、放っておけなくなったのだ。

だから昼ご飯も食べてはいなかった。おすまが出してくれた大福餅を一つ食べただけだ。疲れた身体に酒は染みこんでいく。

二人がとっくりひとつを空けたところで、階段を上ってくる足音が聞こえてきた。

「旦那、遅くなりやした」

清五郎と金平が帰って来たのだった。

その背後にはおねねが控えていて、

「すぐにお食事運びますか？」

平八郎に尋ねる。

「いや、話が終わってからでいいぞ。こちらから知らせる」

平八郎の言葉を受けて、おねねは階下に下りて行った。

平八郎と吉蔵が、盃を載せ、膳を遠のけると、

「まずはあっしから報告いたしやしょう」

清五郎はそう言って金平に合図を送った。

金平は頷くと、油紙に包んだ物を平八郎と吉蔵の前に置いて広げた。出て来たのは雪駄《せった》の片方、鼻緒は焦げ茶色の革で作られている。

「宇兵衛の雪駄です」

清五郎が言った。同時に金平が雪駄を裏返して、底に書いてある文字を平八郎と吉蔵に見せた。

墨で『宇』という文字が書かれている。

「女房にも確かめました。間違い無く宇兵衛の雪駄だと言っておりやした」

「親父さん、この雪駄、どこで見付けたんですか？」

吉蔵は訊く。

「亀井町の宇兵衛が浮いていた堀より少し上流に『亀《かめ》の屋《や》』という小料理屋があるんだが、その亀の屋の近くの河岸地に落ちていた。その場所には血痕も残っていた。宇兵衛はそこで殺されて堀に放り投げられたに違いねえ」

清五郎の説明に、

「そういう場所なら実見した者がいるかもしれんな」

平八郎が言った。だが清五郎は首を横に振って、

「亀の屋の者に訊きやしたが、誰も見てはおりやせんでした。ただ、夕べ店を利用した客の中には、見た者がいるかもしれやせん。ですから、一見《いちげん》のお客は別にして、常連客であの日、あの店に上がった者の名は聞き出しておりやす。その者たちには明日から当たってみやす」

「よし、ではこちらの調べを伝えておこう」

平八郎は、吉蔵に頷いた。

吉蔵は膝元にあった風呂敷包みを解いた。大福帳二冊と紙箱が出て来た。

「これは宇兵衛の店の大福帳で、質物も含めて記帳しているものです。それからこの紙の箱にあるのは、質物のやりとりではなく、高利の金を貸し付けた時の証文、借用書が入っていやす。宇兵衛は昨夜取り立てに行くと言って出かけていやすが、女房が言うのには、宇兵衛は取り立てに行く時には、必ず貸し付ける時に交わした証文、借用書を持参するのだと話してくれやした。ですからこの大福帳と、箱に残っている借用書を突き合わせれば、宇兵衛が持ち出した借用書は誰のものだったか分かりやす。つまり、持ち出した借用書の者と宇兵衛は、亀の屋で待ち合わせていたのかもしれやせん」

「親分、するてえと、持ち出した借用書にあった名の者が、宇兵衛の親父を殺したってことですか」

金平は興奮気味に尋ねた。

「その通りだ」

大福帳と証書の突き合わせを行うことで、下手人が絞り出せるのではないかと

吉蔵は説明した。清五郎は大きく頷いて、

「吉さん、手分けして調べれば、さして手間もかかるめえよ。ついでに、返済が滞《とどこお》っている客の名も書き上げやしょう」

そういう客も宇兵衛に憎しみを抱いていたに違いない。手がかりを得たという顔で平八郎と吉蔵の顔を見る。

「よし、そうと決まったら、まず腹の虫をおさめよう」

平八郎は言って清五郎を見た。

すぐに清五郎はおねねに声をかけて食事を運ばせた。

「ほう、美味そうじゃないか。これは何だ？」

平八郎は膳に載っている料理をながめる。

「はい、こちらは『桜煎《さくらいり》』というものです。蛸《たこ》の足を小口切りにして、当店の調味液で煮つけたものです」

おねねは、小皿にある桜色をした花びらのような料理を説明した。

「なるほど……確かに桜の花だな」

感心しきりの平八郎だ。

「そしてこちらが『くず豆腐』です。おとうふに葛《くず》あんをかけて、更にその上に載せてあるのがワサビをすりおろしたものです」

「これも死んだ女房が考えた一品だ」

横から清五郎が言った。

「ふむ、これは分かるぞ、箸《はし》やすめのごぼうのタタキだ」

平八郎はおねねを見た。

「はい、そして、こちらが小鯛の塩焼き、こちらはかまぼこです。今日はご飯は蛸飯です。のちほど香の物と汁物をお持ちします」

「ごちそうだな、今日はろくに食っておらんのだ。いただこう」

平八郎のこの合図で、吉蔵たちも箸を取った。

「うめえ……」

金平が思わず声をあげる。

しばらく四人は夢中で箸を使った。

清五郎は皆の盃に、酒を注ぎながら、

「実は今日はあっしの誕生日でして……」

照れた笑みをみせた。

「何、それで鯛か……こちらまで馳走になってすまんな」

「とんでもねえ、一緒に祝っていただきやしてありがてえ」

にわかに座はお祝い気分になった。だが、食事を終えると一転して、皆真顔になって大福帳二冊と紙箱を囲んだ。

それから四人は手分けして、大福帳に載っている名前で、質入れとは関係なく、高利で借金をした者の証書が、箱の中にあるのかないのか突き合わせを行った。

半刻ほどしたところで、大福帳を見ていた吉蔵の手がとまった。

「どうした？」

平八郎が怪訝《けげん》な顔で吉蔵を見る。

「覚えのある店の名前があるんでさ。富田屋です」

吉蔵は大福帳の文字を指した。

「富田屋鶴太郎《つるたろう》という者が三百両を借りているんですが、この富田屋が呉服太物商なら、そこには見知っている手代がいるんです」

吉蔵は、先日神田川の土手で会った直次郎の顔を思い出していた。

「ふむ、呉服太物の富田屋だな」

平八郎が大福帳を覗いてその文字を確かめたその時、もう一冊の大福帳を見ていた金平も、

「こちらにも富田屋が載っていやすぜ。富田屋鶴太郎、百両……」

手元の大福帳を吉蔵たちの前に広げた。

「すると富田屋は、一度ならず二度借りていることになるが……まてまて」

平八郎は箱の中の証文を一枚一枚確認した後、

「富田屋鶴太郎の証文が二枚とも無くなっている……」

その言葉に、吉蔵と金平、清五郎の顔が強《こわ》ばった。

「おっ、これも富田屋だ」

平八郎は金平が広げた大福帳を一枚捲ったところで、

「富田屋手代、直次郎、三両……」

「直次郎が三両！」

吉蔵は驚いて平八郎の顔を見る。

「直次郎は質草に懐刀を入れて借りている。高利で借りた訳ではないが」

「懐刀を入れているって……旦那」

吉蔵は平八郎から証文を受け取ると、そこにある文字を確かめた。

確かに直次郎とある。先日神田の河岸地で懐かしそうに爪をながめていたあの直次郎も、宇兵衛から金を借りていたのか。吉蔵の胸にかすかな不安がよぎった。

「富田屋は主も手代も宇兵衛から金を借りていたということだな。吉蔵、まずは宇兵衛から借金をしたことで、店を手放した者、自死した者を調べ、そのあとに証文が無くなっている富田屋などを調べてみるか」

平八郎が言った。

四

深川の女郎宿『三益屋《みますや》』のおうめは、長い裾を引きながら二階から降りてきた。

「十手持ちの親分さんが用だって……あたしはお縄になるようなことは何もしちゃおりませんよ」

「なあに、ちょいと訊きたいことがあってね。手間はとらさねえ」

三益屋の玄関の土間でおうめを待っていたのは、清五郎と金平だった。

昨日大福帳など書類を調べて、宇兵衛から金を借りたことで返済出来なくなって自死したり、離散したりと不幸に見舞われた者たちを、手分けして調べているのである。

おうめは、樽屋を豊島町一丁目で営んでいた常五郎《つねごろう》の娘であった。

　これまで一家が暮らしていた近隣の者から聞いた話では、自死したおうめの父親常五郎は、長屋で寝る間も惜しんで樽を作り、女房と二人でこつこつと金を貯め、念願の通りに店を構えた。ところがその時に宇兵衛から高利の借金をしたようだ。おうめが十七歳、兄の勝蔵《かつぞう》が十九歳の時だったという。

　常五郎は希望に胸を膨らませ、開店の際にはそれまで暮らしていた長屋の者たちに赤飯を配ったようだ。

「あの時さ、おうめちゃんが綺麗な着物を着て、あたしのところにお赤飯を持って来てくれましたよ」

　一家が住んでいた長屋の女房はそう話してくれたのだった。

　ところが、半年後に火事に遭って店は全焼してしまった。全てを失った常五郎に借金の返済など出来る筈も無く、容赦の無い宇兵衛の取り立てに途方にくれて自死したようだ。

　さらに悪いことは重なるようで、おうめの母親も流行病で、あっけなく亡くなってしまったのだ。

　残された家族は、おうめと兄の勝蔵の兄妹二人となった。二人は昔暮らした長屋に舞い戻った。兄妹二人の失意と落胆は尋常ではなく、長屋の者たちははらはらして見守っていた。

ところが宇兵衛は、そんな惨状を知っても容赦はなかった。勝蔵に強く返済を求めてきた。いたたまれなくなった勝蔵は、まもなく長屋から姿を消した。すると今度は長屋に一人残っていたおうめに返済を求めてきた。おうめが女郎宿に奉公することになったのには、そういう事情があったのだ。

清五郎と金平は、そういったこれまでの話を、おうめが暮らしていた長屋の連中から聞いている。

「いったいなんの話でしょうか？」

おうめは、上《あ》がり框《がまち》に腰掛けた清五郎に向かって座った。その目は険しい。

「おめえさんの兄さんの勝蔵さんだが、今はどこにいるのかね」

清五郎は、おうめの顔をじっと見ながら問う。

「ふん……」

おうめは鼻で笑ってから、

「知りませんよ」

ぶっきらぼうに言った。

「そうか、知らねえのか」

「なんで兄さんの居場所を訊くんですか。兄さんが何かしでかしたんですか」

おうめは清五郎を睨み付ける。

「いや、実は金貸しの宇兵衛が殺されたんだよ」

清五郎の言葉に、おうめはかっと目を開いて言った。

「なんですか、それと兄さんとどんな関係があるんですか。まさか兄さんがあの男を殺したとでもいいたいんですか」

「いや、そういう訳ではないが、お前さんたち兄妹の父親は、宇兵衛から借金の返済を厳しく詰め寄られ自死している。宇兵衛に酷い目に遭わされた人たちから、念の為に話を聞いているんでね」

清五郎は遠廻しにそう言ったが、

「兄さんを疑っているんですね」

おうめは清五郎をきっと見た。

「疑っていないといったら嘘になるが、宇兵衛と関わりのあった人みんなに訊いているんだ。兄さんの勝蔵は、一昨日の夜、どこで、何をしていたか知りたいんだ」

「知りませんよ、居所も知らないんですから、あたしには分かりませんよ。あたしがここに来ていることも、兄は知らないんですから」

「そうか……分からんのか」

清五郎がため息まじりにそう言うと、

「あの宇兵衛という者を誰が殺したか知りませんが、いい気味ですよ。あんな奴、死ねばいいんですよ。あたしだって殺してやりたいと何度も思いましたよ。でもね、殺したところで父親や母親が生き返ってくれる筈もなく、そう考えれば、あたしたちとはもう関係のない人ですから」

白塗りをした顔が、激しく動揺しているのが分かった。清五郎は大きく頷くと、

「無理もねえ。おまえさんたちの苦労を思えば、このような調べをされるのだって腹が立つだろうよ。昔暮らしていた長屋の者たちが言っていたが、兄さんの勝蔵さんは熱心に親父さんから樽作りを教えてもらっていたらしいな。跡を継いで店を繁盛させたいと考えていた筈だ。父親が亡くなったとはいえ、独り立ち出来る腕は持っていたのに、どこに行ったのだろうって長屋の者も心配していたんだ。また、おうめちゃんは器量よしで賢い娘さんだったたって言っていたぜ。親の借金の責任を一身に受けて深川に行ったんだって。いつか深川を出られたら、きっと幸せになってほしいと言っていたが」

「ううっ」

おうめは唇を噛んだ。その目には涙が膨れあがっている。

そのおうめの顔を労るような目で見詰めて、

「あっしにも娘がいる。おまえさんには幸せを摑んでもらいたいものだ。おうめさん、めげずにな」

清五郎は、金平に目で合図して腰を上げた。

「待って下さい！」

おうめは、出て行こうとする清五郎と金平を呼び止めた。

「兄さんの居場所、教えます」

清五郎は優しい目で頷いた。


その頃、平八郎と吉蔵は、三十間堀川にいた。

この堀の両岸の河岸地を広げる普請が行われて三十年は経っているが、このたび三十間堀町六丁目の河岸地、西豊玉河岸の護岸が崩れたというので、人足たちが工事に携わっていた。

人足たちは寒空の中、薄物一枚に股引《ももひき》姿だ。肌を丸出しでもっこを担ぎ、石を運んでいるのである。

平八郎と吉蔵が河岸地に立つと、現場を監督している男が二人に気付いて近づいて来た。

「ごくろうさまで……で、何か御用でございますか？」

口の周りの髭を剃るのを怠《おこた》ったのか、ごま塩の口髭が目立つ初老の男が、平八郎の顔色を窺うように見て尋ねた。

「うむ、この現場に益之助《ますのすけ》という男が働いているようだが……」

平八郎は、前方で力仕事に励む男たちを見ながら訊いた。

「益之助ですか……へい、確かにおりますが」

監督の男は怪訝な顔で答えた。

「ここに呼んでくれないか。何、手間はとらせない。少し尋ねたいことがあるのだ」

「へい、わかりやした」

監督の男は普請現場に引き返すと、すぐに中年の痩せた男を連れて来た。

「何か御用で……」

卑屈な顔で益之助は平八郎と吉蔵の顔を覗いた。

体格が良くないだけかと思ったら、あばら骨が浮き出たもやしのような男で、とても護岸工事に携われるような人間には見えない。

「おまえさんは以前、米沢町の宇兵衛という男から金を借りていたが返済出来ずに、結局当時営んでいた下駄屋の沽券《こけん》を宇兵衛に渡して決着した。そうだな」

吉蔵が質《ただ》した。

「へい、その後はご覧の通りのありさまです。借りた者が悪い、高利で借りる者は自業自得だ。まわりからそんな誹謗《ひぼう》の声を聞きました。確かにその通りだろうと思います。わしは、雪駄や下駄の仕入れで金が足りなくなりやしてね、それで宇兵衛から金を借りたんです。ところが利子がどんどん膨らんで、にっちもさっちもいかなくなって店を手放しやした。それが何か……」

何を訊きたいのだという顔だ。

「宇兵衛が殺されたのだ」

吉蔵は言った。

益之助は驚いた顔をしたが、すぐに、

「殺されて当然だろう」

険しい顔で呟いた。

「そこで、お前さんに尋ねるのだが、一昨日の夜、どこで何をしていたのか教えてくれないか」

平八郎が訊いた。

「まさかわしを疑っているんですか……冗談でしょう。店をとられたのは二年前のことだ。女房は娘を連れて実家に帰って行くし、人としての信用も、なにもかもなくしてしまったんだ。奴を殺すのだったら、あの時やってますよ」

益之助は冷たい笑みを浮かべた。

「念の為に訊いているのだ。一昨日の夜、どこにいたのだ」

「旦那、わしは夜は早々に寝ることにしていますよ。ここの仕事はきつい。わしのような男には不向きだが、喰うためにはそんなことは言ってはいられない。それでここに来ているんです。仕事を終えれば安酒を飲み、身体を休めて疲れを取る。その繰り返しです。昔はたばこも嗜《たしな》んでおりましたが、もうそんな余裕もない暮らしですよ。そんなわしが、どこに出かけるというのですか」

「住まいは……」

吉蔵が尋ねると、

「左内町の権兵衛《ごんべえ》長屋ですよ。今更宇兵衛がどうなろうと、わしには関係ないんです。時折ね、生きていてもしょうがない、そう思いながら暮らしているような人間です。あの男を殺したからといって、得るものは何もない。旦那、親分さん、宇兵衛を殺した下手人を捜したいのなら、今、宇兵衛に苦しめられている人間じゃないですかね。わしのような落ちぶれた者には、もう宇兵衛を殺すような、そんな元気はありませんや」

益之助は自嘲した笑みを浮かべた。

「すまなかったな。もういいぞ」

平八郎は益之助を仕事場に戻すと、監督の男を呼んで尋ねる。

「益之助はどこの口入れ屋の世話でここに来ているんだね?」

「口入れ屋は『たつみ屋』です。本材木町にありますよ」

「いつからここに来ているんだ?」

「一月《ひとつき》前でさ。ひ弱に見えますが機転が利く男で、いろいろと、ああしたら良い、こうしたら良いと言ってくれやして、助かっていやすよ。仲間からも信用されていやすし」

平八郎が頷くと、

「旦那、あの男は、お上から目をつけられるようなことはしませんぜ。博打も喧嘩もやらねえ、女にも興味がねえ。そうだ、この間はこんなことを言っていたな。別れた女房のところに娘がいるんだが、その娘が嫁に行くと人伝《ひとづて》に聞いた。祝いの品のひとつも送ってやりたいが、それもできねえ、情けない父親だってね」

監督の男の言葉には、嘘はないように思われた。

五

――おや……。

平八郎と別れて汐見橋までやって来た吉蔵は、橋の袂で立ち止まった。

河岸地に葦簀張りの店を出しているおはるの姿が見えないのだ。

店は開いている。だが、こちらから見えるのは、立てかけた葦簀張りの前で、樽に腰掛けて煙草を吸っている爺さんだけだ。

吉蔵は店に近づいて、爺さんに尋ねた。

「この店はおはるさんという人がやっていた筈だが……」

ひょっとしておはるは、店を爺さんに譲ってしまったのかと思ったのだ。

「おはるさんは産み月だ。体調もよくねえ。あっしはおはるさんと同じ長屋に住んでいる者でね、だったらあっしが、おはるさんに代わって田楽を売ってやろうじゃねえかと、まあそういう訳でして」

「そうか……」

吉蔵は閑古鳥が鳴いている店を見渡した。

「兄さん、爺さんじゃあ田楽もうまくねえと思うかもしれねえが、味は変わらねえぜ。おはるさんが味噌は仕込んでくれている。その味噌を使ってるんだから」

爺さんはこの時とばかりに説明してから、煙草の灰を落とすと、

「何にしやすか……豆腐か、こんにゃくか」

立ち上がった。

「爺さん、あっしは客ではない。おはるさんが心配で様子を見に来ただけだ」

吉蔵がそう告げると、

「おまえさんは……」

いったいおはるとどういう関係なのだという顔で、吉蔵を見た。

「あっしは吉蔵という者だ。北町の旦那から十手を預かっている」

吉蔵が笑みをみせると爺さんは、

「そうか、吉蔵の親分さんとは、おまえさんのことだったのかい」

俄に親しそうな視線を送ってくると、

「おはるさんから聞いているぜ。この間雪の降った日に助けてもらったんだとな。あっしは又平《またへい》というものでさ」

吉蔵に樽の椅子に座るよう促すと、すぐに燗徳利を持って来て盃を差し出した。

「いや、様子を見に来ただけだから」

掌で押し返すが、又平は強引に盃を手渡すと、

「おはるさんに言われているんだ。親分さんたちが来てくれた時には、酒のいっぺえも出してあげて下さいねって……なあに、あっしも飲みてえんだよ」

又平はそう言って、吉蔵に盃を無理矢理手渡し、その盃と自分の盃に酒を注いだ。

「じゃあ一杯だけ……」

吉蔵は酒を喉に流した。宇兵衛殺しの調べで走り回って喉が渇いていて、酒は五臓六腑に染み渡っていく。

「又平爺さん、ひとつ教えてほしいんだが、おはるさんの腹の子の父親のことだ。何か聞いていやすか」

吉蔵は、盃を置いて又平の顔を見た。

「それなんですが、少しも便りをよこさないのだと言っていやした。與之助という富山の薬売りらしいのだが、この春先には長屋で何度も見かけていやした。おはるさんのところで寝泊まりして府内の仕事をしていたようでして、そんなことでしたから、長屋の者たちはみんな二人は長屋で所帯を持つのだろうと見ていたんでさ。そうしたら、まもなく與之助という男は長屋を出て行ったんだ。おはるさんは仕事だと言っていたが、あっしたちは欺されているんじゃねえかと案じていたんです。そしたらあれよあれよという間に腹が大きくなって、長屋の女房たちは腹の子は堕ろすように勧めたんだけど、おはるさんは與之助を信じ込んでいて言うことをきかない。とうとう産み月になっちまったっていうことでございやして」

又平は案じ顔で話してくれた。

「やはりそうか……」

吉蔵は頷いた。しかし考えたくない話だった。

「赤子を産んでも、一人で育てるとなると大変だな」

思わず呟く。すると又平は、

「ただ、おはるさんには兄さんのような人がいやして、その人に、これまでも不安なことがあった時には相談してきたようなんでさ。今度のお産の費用だって、その兄さんが工面《くめん》してくれたんだと言っておりやしたから」

又平は、また煙草を吸い始めた。煙の中に深い皺が見え隠れする。

「それなら少しは安心だが……」

随分奇特な人がいるものだと吉蔵は感心した。

すると、煙草の煙を吐いたのち、又平はこう言った。

「たしか、直次郎とか言っていたな」

「直次郎……」

またもや直次郎の名を聞いて、吉蔵は驚いた。

――そう言えば……。

宇兵衛のところに質草の懐刀を入れて三両の金を借りていたのも直次郎だったなと、吉蔵は念の為に又平に尋ねる。

「爺さん、その直次郎という兄さんだが、何をしている人なんだ？」

「呉服問屋で手代をしていると聞いていますぜ」

「何……まさか、呉服屋の名は、富田屋かな」

吉蔵は又平の顔を見る。

「そうだ、富田屋と言っていたな。直次郎さんとおはるさんが知り合ったのは旅暮らしをしていた頃らしいんだ。直次郎さんは父親と、おはるさんは母親と旅をしていて、一度ならず二度、三度と宿場で一緒になって、そんな時は二人で遊んだり、身の上話をしていたようだ。直次郎さんの父親は浪人だったそうだし、おはるさん親子も国で暮らせなくて、どこかに落ち着くために旅をしていたらしいから、気持ちが通じ合ったんだと思いやす」

又平の話を聞きながら、吉蔵は神田川の河岸地で知り合った富田屋の直次郎に違いないと思っていた。

あの時直次郎は、父親とよく凧を揚げたのだと昔を懐かしんでいたが、旅をしていたかどうかは話してはいなかった。

ただ、あの直次郎には、そこらにいる男にはない芯の強さが感じられたと今にして思う。

「直次郎という人は、身持ちの良い人だよ。あっしには分かる」

又平は言葉を添える。

「又平爺さんは会ったことはあるんだね」

吉蔵が質すと又平は頷いて、

「一度だけ会ったな。おはるさんのことを案じて長屋に来たことがあったんだ。おはるさんも直次郎さんのような人が相手だったら心配することもなかったのに……薬売りの與之助という男は、おはるさんが産み月だってことは知っている筈なのに会いに来ることもねえ。旦那、あっしはね、おはるさんはあの男に欺されているんじゃねえかと思っているんでさ。おはるさんには言えねえが、これじゃあ、あまりに無責任じゃねえか」

又平は、煙草の灰を地面に打ち落とすと、足の裏でその灰をぐりぐりと踏みつけた。

「これは、深谷ネギだな……」

吉蔵は味噌汁椀を手に取ると、御飯を盛り付けているおきよの顔を見た。

「ええ、そうですよ。今は身が柔らかくて、とても美味しい。やっぱり旬の物がいいですね。沢山買ってきましたから、夕食には焼いてお味噌でいただきましょう」

おきよは、御飯を盛り付けた茶碗を、吉蔵の膳に載せた。

吉蔵の膳には、あじの開きを焼いたものと、白い肌の大根の漬け物が載っている。

「その漬け物は、べったら風味に漬けました。吉さん、お好きでしょう？」

おきよは、今度は自分の茶碗に御飯を盛り付けながら、

「たくさん食べて下さい」

笑みをみせた。

こうして二人で朝食を食べていると、まるで母親と一緒に暮らしているような感覚になる。

それはおきよだって吉蔵と食事をするのは嬉しいらしく、少ない収入をやりくりして、毎日実に美味《おい》しい料理を出してくれるのだ。

「美味《うま》いな」

吉蔵は味噌汁を一口飲んで、思わず呟く。

「そうそう、昨夜吉さんが話してくれたおはるさんて人のことだけど、強気なことを言っているようですが、本当は心細いのではないでしょうか。無事出産しても、育てるのは大変ですよ。私は結婚もしたことはありませんが、昔、友達を見ていてそう思いました。子供を育てるのは簡単なことではないんです。可愛いだけでは育てられない。養育するには体力気力、時間とお金も必要です」

おきよはそう言ったのち、若い頃の、幼なじみの話を始めた。

当時おきよは、坂崎家に下働きの女中として奉公をしはじめたばかりだった。藪入りで葛西の実家に帰った折のこと、幼なじみから身ごもっているのだと打ち明けられた。

幼なじみは結婚していた訳ではない。好きな男と深い仲になり、お定まりの妊娠となったようだ。

しかも男に捨てられていて、出産することに不安を抱いていたのである。捨てられると分かっていれば、情交を重ねることはなかったのにと幼なじみは泣いていた。

男は一緒になろうと幼なじみを欺したようだ。それが証拠に、妊娠を告げると足が遠くなり、幼なじみが捨てられたと実感した時には、既に堕胎は出来ないほど月日が経っていたのであった。

おきよは話を聞いても、助ける術を思いつかなかった。ただ黙って見守るしか出来なかった。

まもなく、屋敷に戻ったおきよは、母からの文で幼なじみが出産したことを知った。

だが、父《てて》なし子を産んだことで、両親や兄に肩身の狭い思いをさせているらしいと母の文にはあった。

おきよの母親は、幼なじみが追い詰められていることを知り、おきよに知らせてきたらしい。

勝手に屋敷を出ることは出来ないおきよは、幼なじみに気をしっかりもって頑張ってほしいと、金一朱を包んで文と一緒に送ったが返事はなかった。

翌年おきよが藪入りで実家に帰ると、幼なじみは産んだ女の子を胸に抱いて入水《じゅすい》して亡くなったのだと知り、おきよは愕然とした。

母親の話では、幼なじみの家は貧しく、赤子を抱えた娘など厄介者でしかない。働きにも行けない幼なじみは、自分と赤子の食い扶持《ぶち》も、親や兄に頼らなければならない。

そんなこんなで乳の出も悪く、腹を空《す》かした赤子の発達も良くなかったようで、夜中に何度も泣きだす赤子を抱えて途方にくれていたようだ。

そしておきよが実家に帰る一月前に、幼なじみは命を絶ったのだという。

赤子を産みさえしなければ、やり直しも出来ただろうに、赤子を産んだばかりに自ら命を絶つことになったようだ。

おきよは、食事を終えた吉蔵にお茶を淹《い》れながら、

「母親がついていてもそうなんですから……おはるさんは、おっかさんも亡くなっているのでしょ。約束した男にも頼れない。この先どうして生きていくんでしょうね」

しみじみと言った。

「おきよさん」

吉蔵は、おきよが淹れたお茶を受け取ると、

「こんなことを頼んでは、おきよさんに負担をかける。昨夜はそう考えて言わなかったんだが、どうだろうか、おはるさんが出産の折に、ついててやってもらえないだろうか」

おはるの出産の手助けを、おきよに頼んでみた。

「そうですね」

おきよもお茶を手にして一口含み、一拍ほどおいてから、

「お産もしたことのない私ですが、取揚婆《とりあげばば》もいる訳ですからね。お屋敷の奥方さまの出産のお手伝いはいたしましたから……分かりました、おはるさんて人の出産を見届けましょう」

きっぱりと言った。

「よかった。あっしもこれで、ほっとする」

「ただ……吉さん、私がおはるさんのところに行けば、食事を自分で作ってもらわないといけなくなりますが良いのですか」

おきよは案じ顔だ。

「大丈夫だ。甲斐にいた時には、毎日自分で食事は作っていたんだから、あっしのことは心配いらねえ」

吉蔵は笑った。その時だった。

「邪魔をするぜ」

清五郎と金平が入って来た。

「少し分かったことを整理しておかなくちゃあならねえと思ったんだ」

清五郎は、おきよが出してくれたお茶に、手を上げて礼を示すと、まずそう告げた。

「吉さん、深川の三益屋の女郎おうめの兄勝蔵だが、父親が自死したのち、しばらく両国あたりの賭場を渡り歩いて暮らしていたようですぜ。ところが、おうめが深川の女郎宿に行ったと知ってから、兄としての責任を感じたんでしょうな。

親父の樽師仲間だった、数寄屋町《すきやちょう》の潮五郎《ちょうごろう》のところで修業し、今では潮五郎の片腕となり、半年前から京に出職《でしょく》として赴き、新しく開店する漬物屋の樽を作っているようです。潮五郎の話では、京への出職は手当ても良く、勝蔵は妹のために金をつくって身請けしてやるんだと出かけて行ったそうだ」

「そうか、すると、宇兵衛殺しには関係ねえということだな」

　吉蔵は言った。すると今度は金平が、

「親分、亀井町の小料理屋亀の屋ですが、前に話を聞きに行った時に、殺しのあった当日に店を休んでいた仲居がいたものですから、念の為にもう一度話を聞きに行きました。そしたらあの晩、宇兵衛は部屋を予約していたことが分かりました。時々宇兵衛はその仲居に部屋を予約することがあったようです」

「すると、宇兵衛は誰かと店に上がったんだな」

　にわかに吉蔵の胸に緊張が走った。

「いえ、それがですね。あの晩、宇兵衛は店には上がってないんです……」

　金平は言った。

「するてえと、店に上がる前に、宇兵衛は近くの河岸地で殺されたということか……」

吉蔵の言葉を受けて清五郎が言った。

「下手人は宇兵衛が亀の屋に上がることを知っていた者だな。つまり、下手人は宇兵衛から返済を催促されて、あの店に呼ばれていた者に違えねえ」

吉蔵は大きく頷いた。

六

その三日後、亀井町の河岸地で再び殺しがあったと連絡を受けた吉蔵は、金平と現場に駆けつけたが、死体の顔を見て絶句した。殺されていたのは、三十間堀川の河岸地で護岸工事の人足をしていた益之助だったのだ。

「親分、この男を知っているんですね」

金平が死体の顔を見ながら訊く。

「益之助だ。話したろう……下駄屋を営んでいた男だ」

「ああ、宇兵衛爺さんから高利の金を借りて利子が膨らみ、店を取られて、今は人足をしていると言っていた男ですね」

吉蔵は頷くと、血が固まっている胸のあたりを見て、着物の前を広げた。

心の臓がある箇所に、刃物の跡があった。

「金平、この傷口を見ろ。この男を殺した下手人は、宇兵衛の胸を刺した者と同じ人間だな」

吉蔵は金平に、益之助の胸の傷を見せながら言った。

「しかも、この亀井町の河岸地で殺されている」

金平が呟くと、

「そうだ」

吉蔵は相槌を打つ。

「とすると、通りすがりの者の仕業じゃあねえってことですね。あっしは宇兵衛爺さん殺しについては、ひょっとして金目当ての辻斬りかもしれねえと思っていたんですが、この益之助は、この寒空に継ぎの当たった木綿の着物一枚だ。どうみても貧乏人だ。金など持っているとは誰も思わねえもんな」

「その通りだ。物盗りの辻斬りなんかじゃねえな。明らかにここで益之助を狙っていたんだ。ただひとつ気になるのは、益之助の住処《すみか》は左内町の権兵衛長屋だ。人足の仕事も近くの三十間堀の河岸地だ。ことはずいぶん離れている。こんな場所までなぜ益之助がやってきたのか……」

吉蔵は、白くなった益之助の顔を見ながら言った。

「その謎が解ければ下手人が分かるということですね」

「そういうことだ。金平、それと、遺体をよく見ろ。お前は、この男が殺されてからどれだけ時間が経っているか分かるか？」

吉蔵はわざと金平に訊いてみた。

「何時殺されたかってことですね」

金平は益之助の手に触ってみるが、頭を捻《ひね》った。それを見て、吉蔵が十手で益之助の遺体を指しながら説明した。

「殺されたのは昨夜《ゆうべ》だな。昨夜の五ツか四ツ頃だ。死後硬直が始まるが、頂点になったあと少しずつ硬直がとれてくる。今はその時だ。益之助は昨夜殺されたんだ。昨夜は天候も悪く月の明かりも乏《とぼ》しくて薄闇だった。その薄闇で益之助と分かって殺しているということは、益之助を知っている者の仕業と見ることもできる。また、今朝まで遺体が見付からなかったのは、天候のせいで暗かったからに違いない」

「さすがは親分だ。すると、遺体が白くなっているのも、時間が経ったせいですか？」

「おそらくな。時間が経てば身体の血は下に集まるというからな」

吉蔵は金平にそう教えてから、小者たちに言った。

「すまねえが手を貸してくれ」

吉蔵は小者たちの手を借りて、益之助を戸板に乗せ、筵を掛けた。

だが、出発しようとする小者たちを、

「ちょっと待ってくれ」

吉蔵は止めた。そしてたった今益之助の身体があったその場所にしゃがみこみ、手を伸ばして何かを拾い上げた。

「煙草入れじゃないか……しかも革だ」

吉蔵が拾い上げた物は、柔らかい革の煙草入れだった。色は焦げ茶で、福禄寿《ふくろくじゅ》の根付けがついている。

「これは、宇兵衛が常に持っていたと聞いている煙草入れにそっくりだ。ただ、宇兵衛の持ち物なら、網代編みの煙管筒がついている筈だ。そして筒の中にはまむしを彫った煙管が入っている筈だが、いずれもねえな。煙草入れに付いているのは根付けだけだ」

吉蔵は、煙草入れをまじまじと見て、

「いずれにしても、この煙草入れは益之助が持っていた物ではないな。益之助を殺した人間がうっかり落として行ったに違いねえ」

「すると親分、この益之助が宇兵衛を殺して、この煙草入れを自分のものにしていたって訳じゃあねえってことですね」

「そうだ。益之助は昔はどうあれ今はしがない人足で、煙草はやってねえと言っていた。この煙草入れが宇兵衛の物なら、ここで益之助を殺した奴は宇兵衛も殺している。宇兵衛を殺した時に、この煙草入れを自分の物にしたんだ。ところがこの男を殺した時に、うっかり落としてしまったんだ」

「なんて奴だ……追い剝ぎと一緒じゃねえですか」

金平の顔が俄に強ばる。

「まずは金平、この煙草入れが宇兵衛の物なのか、別人の物なのか女房に確かめてくれ」

吉蔵は金平に革の煙草入れを手渡した。

「分かりました。では早速……」

金平は河岸地から走って出て行った。

吉蔵は小者の一人に、堀江町三丁目の居酒屋『おふね』の親父で、岡っ引の清五郎に知らせるよう頼み、益之助の長屋に向かった。

権兵衛長屋に到着すると、井戸端にいた女房たちが皆驚いて集まって来た。

「益之助さんじゃないか」

「いったい、どうしたっていうんだよ」

遺体に走り寄ってきて涙を流す。

以前は店を出していて旦那と呼ばれた益之助だが、今はこの長屋の者たちの中に溶け込んで暮らしていたようだ。

「益之助の家は？」

吉蔵が女房に尋ねると、そこだと言って近くの腰高障子を指した。だがすぐに、

「ちょっと待って下さい」

初老の女房がやって来て、益之助の家の中に入ると、部屋に上がって薄い布団を敷き、ここに運んで来て寝かしてくれと小者に告げた。

そして長屋の連中には、

「みんな、これまで益之助さんとは助け合って暮らしてきたんだ。弔《とむら》いはみんなで持ち寄ってやってやろうじゃないか。今晩は益之助さんの側で酒を飲もう」

声を張り上げた。すると別の女房が、

「酒ばかり飲んでいたからね、益之助さんは……わかった、あたしたちは何かおつまみを作るよ」

そう言って若い女房たちにも言いつけて、みんな自分の家に帰って行った。

するとそこに大家と名乗る初老の男が入って来た。

続いて清五郎もやって来て、寝かされている益之助の側に座ると、

「手口から宇兵衛殺しと同じ者の仕業ではないかと小者から聞いている」

益之助の胸の傷を確かめ、

「この男にどんな恨みがあったのか……」

呟いてから、控えている初老の女房に、何か思い当たることはないのかと尋ねた。

「誰かに恨みを買うような暮らしはしていないよこの人は……長屋のみんなのことをいつも大事にしていたんだよ」

即座に初老の女房は否定した。

するとそこに若い女房が、青い顔をして、ふらふらと入って来た。

「益之助さんが殺されたって本当ですか……まさか……まさか」

口走りながら部屋に上がってくると、死人となった益之助の顔を見て、わっと泣き出した。

吉蔵は清五郎と顔を見合わせた。

「親分さん、いったい誰に殺されたのでしょうか」

若い女房は吉蔵に問う。

「まだ分からん。これから調べるのだが……」

「昨日のことですよ。益之助さんは、私の娘が医者にかかれるようにしてやるからと言ってくれたんですよ」

訴えるように言った。すると大家が、

「この人の娘のおひなちゃんは近頃目が見えにくくなっていてね。ある医者から、江戸にはシーボルトの教えを受けた優れた医者がいる。その医者にかかれば治るかもしれない。そのように言われたようなんです。ただ先立つものがない。途方にくれていたところ、おひなちゃんの噂を聞いた益之助さんが、金はなんとかするから諦めちゃあ駄目だと……」

そう言ってくれたんだねと若い女房に確かめる。

若い女房は大家の問いかけに泣きながら頷くと、

「益之助さんは、金はなんとかする、当てがある。そう言ったんです」

若い女房が打ち明ける。

吉蔵と清五郎の顔は俄に険しくなっていった。

「その当てだが、どんな当てがあるのか聞いていないんだね」

吉蔵が尋ねると、若い女房は首を傾《かし》げてから、

「それは、聞いていません。でも、嘘をつくような人ではありませんから。益之助さんは嘘やいい加減なことを言ったのではないと思っています」

吉蔵は頷いた。なんとなくそう言った益之助の胸のうちが理解できた。

益之助は店を潰しただけでなく、その後、内儀と娘に去られている。

益之助には、若い女房と娘に、自分の元を去った内儀と娘が重なって見えていたに違いない。

「そうか、益之助さんはそんなことを言っていたのかい。ひょっとしてその約束のために殺されたのかもしれねえな。何か思い当たることはねえのかい。どんな小さなことでもいいんだ」

清五郎が若い女房に尋ねると、

「思い出せません。あの時、嬉しくて半信半疑の私に、益之助さんはこうも言っ

ていました。わしにも離れてくらす娘がいるんだ。その娘には父親らしいことは何一つしてやることが出来なかった。だからせめて、おひなちゃんのためになるのなら手助けさせてくれって」

やはりそうかと吉蔵は頷いた。そして清五郎に言った。

「親父さん、益之助はおひなちゃんの薬礼を手にするために、亀井町に行ったにちげえねえ。むろん、宇兵衛を殺した下手人を知っていたんだ。金を得るために下手人を呼び出したが、逆に自分も宇兵衛を殺した奴に殺されたんだ」

すると、その言葉を受けた清五郎も、

「吉さん、わしも同じ考えだ。益之助は宇兵衛を殺した者は誰なのか知っていたんだな。そいつを脅して金をもらうつもりだったんだろうが……」

二人は顔を見合わせて頷いた。

人殺しの顔は見えていないが、その者の影は見えてきている。俄に二人の顔が険しくなった。

「父上、お茶をお持ちしました」

平八郎の娘佐世《さよ》は、しずしずと部屋に入って来ると、父の平八郎と吉蔵、金平にお茶を配る。

今日は八丁堀の菱田平八郎の役宅に吉蔵たちはやってきていた。これまでの調べを平八郎の前に並べて、今後の探索について意を仰ぐつもりである。

佐世はお茶を出すと、吉蔵に向いて言った。

「吉さん、おきよさんから話をお聞きしましたが、おはるさんて方の出産のお手伝いにいらっしゃるとか。私にも遠慮無く、なんでもおっしゃって下さいね」

笑みをみせて頷くと、佐世は澄ました顔で部屋を出て行った。

吉蔵はどぎまぎして平八郎の顔色を盗み見た。

佐世からあまりに親しくされると、父親の平八郎が感情を害するのではないかと心配になってくる。

佐世が吉蔵に興味を持っているのは確かなことで、吉蔵が営んでいる凧の店にも良く遊びに来ているし、時には台所に入っておきよと一緒に食事を作ってくれたりする。

吉蔵にとっては有り難いことなのだが、やはり平八郎の前で声を掛けられるとひやひやする。

だが平八郎は、佐世のそのような態度など気にしていない様子だった。

「吉蔵、おまえさんの言う通り、宇兵衛殺しと益之助殺しが同一人物だとしたら、煙草入れが動かぬ証拠となるが、その後の調べはどうなっているのだ」

「そのことですが……」

金平は膝を進めて、益之助の遺体の下にあった煙草入れを、平八郎の膝前に置いて説明した。

「宇兵衛の女房に見せましたら、間違い無く宇兵衛の物だと……あっしは女房に言われて気がついたんですが、煙草入れのかぶせの裏側に、宇兵衛の宇という文字が彫ってあるんでさ」

すると金平が煙草入れのかぶせを捲って、宇の字を平八郎に見せ、

「ただ、この根付けですが、亭主は付けてなかった、知らない、見た事もないと、女房が言ったものですから、小間物屋や根付師を当たっているのですが、まだどこで下手人が手に入れたものなのか分かっていやせん」

「ようし、吉蔵、これで宇兵衛を殺した者が煙草入れをネコババし、そして益之助を殺した時に、うっかり落としてしまった……そういうことになるな」

平八郎の顔が俄に高揚している。

「おっしゃる通りです。あっしが思うに、この煙草入れには煙管の筒がついてい

たようですが、なんらかの事情で、煙草入れと煙管筒は切り離された、と考えられます。そこで下手人は、この煙草入れを腰に付けるために、根付けを付けたのだと思われます。まだ煙管筒、煙管、財布なども見つかっておりませんが、おそらく下手人の手元にあると考えておりやす」

吉蔵は言った。

「うむ、それらは二人を殺した動かぬ証拠となるのは間違い無いな。問題は、下手人は誰かということだが……」

苦い顔で平八郎が呟いたその時、佐世の案内で清五郎が人足姿の男を連れて廊下に現れた。

「父上、清五郎さんです」

「おう、待っていたぞ」

早く入れと平八郎が促すと、清五郎は人足に目配せして廊下近くの部屋に座った。そして、

「旦那、この者は益之助の仲間で義助《ぎすけ》という男でございやして」

連れて来た人足に視線を投げて、

「義助、おまえさんの口から話してくれ」

清五郎は義助を促した。

平八郎、吉蔵、金平の強い視線がいっせいに義助に向けられる。

義助は緊張した顔で膝頭を引き締めると、

「益之助が殺されて、仲間はみんな驚いておりやす。奴は、人に恨まれるようなことはひとつもございやせんでしたから」

義助はそこで、緊張のあまり大きく息をつき、

「ですが、あっしには、殺される前日に、妙な話をしてくれたんでさ」

「妙な話……」

平八郎が訊く。

「へい。昔知り合った金貸しの男が殺されるのを見たんだって」

「何、まことか……」

平八郎の声と同時に、吉蔵たちの目も険しい色になる。

「まことです。益之助は、おまえに初めて明かすんだと、そう言って話してくれたんでさ」

「聞かせてくれ、どんな話だったのか」

「へい……宇兵衛という高利貸しが殺されるところを偶然見たんだと……」

「うむ……」

平八郎は大きく頷き、次の言葉を促す。

「益之助はこう言ったんでさ。今日の今日まで落ちぶれた自分にとって、もはや殺された宇兵衛という高利貸しの男のことなど、どうでもいいことだったんだが、そうもいかなくなった。見て見ぬ振りは出来なくなった、金がいるんだと。金を手に入れるために、あの男が殺されたことを利用するんだと」

「金を手に入れるために殺しを見たことを利用する、そう言ったんだな」

吉蔵も険しい顔で義助に念を押す。

「旦那、あっしはこんなところまでわざわざやって来て嘘はつきませんぜ。益之助はその時、こう言ったんでさ。自分のためじゃねえ、人助けのためなんだって……」

義助は吉蔵の目を、そして平八郎の目を見詰めて、

「その時あっしは思いやした。益之助は今まで金のことなど頓着ない人間でしたが、何か事情があって金がいるのだろうと。そのために何か危ないことをしようとしているのにちげえねえと。あっしに打ち明けたのも、後には引けぬ覚悟のためかもしれねえと。ですがあっしは、危ない真似は止したほうがいい、しかも己

のためじゃねえ、人の為なんだろうと言いやした。だが益之助が考えを変えることはなかったんでさ。その証拠に益之助は殺されてしまいやしたから」

義助は無念の表情で、膝に置いていた手をぎゅっと握りしめる。

「益之助は宇兵衛殺しを見ていたのか……しかし何故、宇兵衛が殺された晩に亀井町にいたのだ……住まいの長屋とは随分と離れている。そのことについては何か言っていなかったのか？」

吉蔵の疑念に義助は頷くと、

「あの晩、高利貸しが殺された晩のことでございやすね。あの晩益之助は、亀井町の知り合いのところに行っていたようなんです。殺しを見たのはその帰りだと言っておりやした。しかもただの殺しじゃねえ、殺して堀の中に放り込むという残忍な殺しだったと……」

吉蔵も平八郎も、顔を強ばらせて義助の話を聞いている。義助の話から、益之助が間違い無く宇兵衛殺しを実見していたことは明らかだった。

義助は吉蔵たちの鋭い視線を受けて話を続ける。

「益之助は、あまりの残忍さに肝を潰したと言っておりやした。ですが、殺された者が自分も酷い目に遭わされた高利貸しだと知っていた訳ですから、いい気味だと思ったようです。ただ、いったい殺した人間は誰なのかと知りたくなって、後をつけたようなんでさ」

「何……」

義助の思いがけない重大な話に、平八郎は驚いて聞き返す。

義助は息苦しそうだ。無理も無かった。同心の役宅で、平八郎をはじめお上の御用に携わる吉蔵たち三人から険しい視線で見詰められているのだ。

「それで……後をつけた結果、下手人はどこの誰だと言っていたのだ？」

平八郎が訊く。

「へい、小伝馬町《こでんまちよう》にある呉服屋の者だったと……」

「呉服屋の屋号は？」

吉蔵が思わず大きな声で聞き返した。頭の中に富田屋の文字が走ったのだ。富田屋といえば直次郎だ。

ただ、あの近辺の呉服屋は、富田屋だけでないだろう。しかも富田屋は、ただの呉服屋ではない。いわゆる絹物の呉服だけでなく、太物と称する木綿や麻の生地も扱っている店だ。

看板は呉服太物商だ。

「店の名は聞いておりやせん。話してくれたのは、小伝馬町に暖簾《のれん》を張る呉服屋に入って行ったと……」

あっしの知っていることは、これで全部ですと、義助はまた大きな息をついた。

「すまなかったな義助、仕事を休んでここまで来てくれて」

清五郎が小粒を包んだ懐紙を義助に握らせると、義助はそれを押し戴くようにしてから、

「あっしだって益之助を殺した奴を、きっとお縄にしてほしいんでさ。よろしくおねげえいたしやす」

仲の良かった益之助のために同心の役宅までやってきた義助の思いを、吉蔵たちはしっかりと受け止めた。

それではと腰を上げた義助に、清五郎は言った。

「話してくれたことは、誰にも言うんじゃねえぞ。今度はお前さんが狙われるかもしれねえからな」

部屋を出た義助が、佐世に送られて玄関を出て行く様子を耳朶でとらえながら、平八郎は吉蔵たちに顔を向けた。

「小伝馬町の呉服屋か……よくぞ話してくれたものだな。これで下手人が絞れる

というものだ。吉蔵、親父さん、金平、頼むぞ」

平八郎の高揚した言葉を受けて、吉蔵たちの胸には新たな力が漲《みなぎ》っていた。

七

吉蔵と清五郎が小伝馬町を一丁目から三丁目まで調べたところ、呉服屋というのは、小伝馬町二丁目にある呉服太物商の富田屋の他にはなかった。

「富田屋は宇兵衛から二度借金をしている。合わせて四百両。しかも富田屋の借金の記録は、大福帳には残っていたが、借用証文は残っていなかった。臭うな」

清五郎は前方に張り出した立派な紺色の大暖簾を睨んだのち、吉蔵の顔を見た。いよいよ肝心要の狙いを定めた聞き込みになるぞという決意が窺える。

清五郎は齢六十の年頃だが、事件に立ち向かおうとする意気込みは、若い吉蔵にも負けてはいない。時に吉蔵が圧倒されることもあるのだ。

吉蔵も清五郎に大きく頷くと、二人はゆっくりと店に歩み寄り、出て来た手代に主に会いたいと申し出た。

「旦那さまはお出かけでございますが……」

怪訝な顔で応対した手代に、

「御用の向きだ」

清五郎が強い言葉で告げると、

「お待ちを……」

手代は上がり框に二人を待たせると、店の奥に入って行った。店の中を見渡すと、十人ばかりの手代が、それぞれの棚の前でお客の相手をしている。

駿河町《するがちよう》にある『越後屋《えちごや》』には及ばないが、中堅処《どころ》としての店の格はあるように思われた。

清五郎も同じことを考えていたらしく、

「昔、越後屋の店に入ったことがあるが、店の大きさと奉公人の多さに度肝を抜かれたよ」

吉蔵の耳に囁いた。

「あっしは行ったことはまだありやせん」

苦笑して吉蔵が応じると、

「本店の建物だけで七百坪もあるんだ。働いている奉公人も江戸店だけで三百人はいるだろうよ。貧乏人には縁の無いところだがね」

清五郎も苦笑して吉蔵に返したその時、先ほどの手代が出て来て二人に告げた。

「こちらにどうぞ。おかみさまがお会いすると申しております」

「そうかい、じゃあ……」

吉蔵と清五郎は手代に案内されて、店の奥の小座敷に入った。

部屋からは内庭が見え、落ち着いた雰囲気を醸し出している。

「お待たせいたしました。内儀のおしのと申します」

二十代後半の年頃だと思える女が、女中にお茶を持たせて入って来た。

「実は十三日前に、質屋と高利貸しをやっていた米沢町の宇兵衛という者が殺されまして、ご存じですかな」

内儀が着座するのを待って、まず清五郎が尋ねた。

「いえ、存じません。宇兵衛という名も初めて伺いますが」

おしのは怪訝《けげん》な顔で言った。

「はて、それは面妖な……こちらの鶴太郎というのは御亭主ですな」

「はい……」

「富田屋鶴太郎の名で、殺された宇兵衛の店から二度、合計四百両もの金を借りている。お内儀はそれも知らないと？」

「夫が高利貸しから借金を……」

驚きのあまり顔を強ばらす内儀の表情を、清五郎はじいっと見詰めて尋ねた。

「おかみさん、借金は知らなかったようですな。ではもうひとつ尋ねたい。十三日前の夜、また三日前の夜、御亭主の鶴太郎さんは出かけていませんか？」

「十三日前の晩と三日前の晩ですか……」

おしのの顔が俄に動揺しているのが分かった。

「出かけたんですな」

吉蔵が険しい目で尋ねた時、ふいに廊下に現れた男がいる。

「いったい何の詮索だね」

男は斬りつけるような声で吉蔵たちに問い質すと、ずかずかと部屋に入って来て、

「おまえはむこうに行きなさい」

おしのに険しい顔で命じると、どかりと吉蔵たちの前に座った。

「何時の話をしているんだね。私はこの店の主だ。夜は夜で商いのためのつきあいがある。だが、岡っ引に詮索されるようなことは、これっぽっちもありませんよ」

鶴太郎は人差し指と親指を摺《す》り合わせ、ぴんと撥《は》ねて微塵もないことを示し、吉蔵たちを馬鹿にしたような冷笑を浮かべた。

「そうですかい。実は旦那が四百両の金を借りていた宇兵衛が殺されたんですがね。いや、宇兵衛だけでなく益之助という人足も三日前に殺されやして……」

吉蔵は鶴太郎の目を捉えて問いかける。

「ちょっと、私を疑っているんですか」

鶴太郎は険しい顔で吉蔵を睨むと、

「私にはなんのことだかさっぱり分かりませんよ。第一、私は宇兵衛など知りません。また、人足とは誰のことですかな」

今度は鼻で笑った。

「金は借りたことがないと……」

「店の賑やかなのを見ていただいたと思いますが、借金などする必要はありませんから。そんな根も葉もないことで押しかけて来て、たとえ御用の者とはいえ許せませんな。訴えますぞ」

吉蔵を睨み据えた。

「そうですかい……では少し話を変えますが、十三日前の夜、三日前の夜はどうしていやしたか……外出していたのでは？」

吉蔵のあとを受けて清五郎が尋ねた。

「はてさて……」

鶴太郎は、まだ訊くのかという顔で、

「いずれの日も出かけてはおりませんな。家におりました。出かけたのは手代の直次郎だけです」

「直次郎だと……」

驚いたのは吉蔵だった。

いずれ直次郎のことも訊いてみようと思っていたのだが、今ここで直次郎の名が出て来るとは、思ってもみなかった。

「ではその手代の直次郎さんを呼んでくれますか」

清五郎は言った。だが、鶴太郎は困惑した顔で、

「それが、昨日から行き方知れずでして……」

そう言ったのだ。

「なんと、行き方知れずとは……心当たりは？」

「ありませんな。もともとこの江戸に身内もいない者ですから」

「国はどこなんです？」

清五郎は鶴太郎の顔をきっと見た。手代がいなくなったというのに、驚きもせず、一縷の心配もしていない顔だ。

まさかとは思うが、今の話だと直次郎が宇兵衛殺しの下手人ということなのかと、吉蔵は清五郎と顔を見合わす。

ただこの主の態度はなんだと吉蔵は怒りを覚えた。

鶴太郎は苦笑して、吉蔵と清五郎に言った。

「直次郎の国など私は知りません。直次郎は国も家もない風来坊だったと聞いています。親父殿が……先代のことですが、旅先で拾って来た男なんですから」

話はこれで終わりだと鶴太郎は腰を上げたが、

「では、親父殿から話を聞かせてもらいたい」

吉蔵は食い下がる。すると、

「親父はここにはいませんよ。私が店を継いだ時から、向島の隠居所で暮らしておりますから」

鶴太郎はそう告げると、どうぞお帰りをと手を伸ばして、廊下の方を吉蔵たちに示した。だが、

「向島のどの辺りにお住まいか聞かせてもらいたい」

清五郎は食い下がる。

「寺島村です。長命寺《ちょうめいじ》の近くですよ」

「先代の名は？」

「郷右衛門《ごうえもん》」

鶴太郎は面倒くさそうに言い、自分の方からさっさと部屋を出て行ってしまった。

店を出た吉蔵と清五郎は、十数歩歩いてから暖簾を振り返って言った。

「親父さん、あっしはこれから先代に会ってきますが、親父さんにはこちらを頼みます」

「任せてくれ。きっと尻尾を摑んでやる」

清五郎と別れた吉蔵は、その足で向島の長命寺を目指し、富田屋郷右衛門が暮らす隠居所に向かった。

向島の長命寺はその昔、三代将軍家光が鷹狩りであたりにやって来た時に腹痛を起こし、寺の住職が境内の井戸水を汲み、その水で薬を飲んだところたちどころに痛みが消えたというので、長命寺という名を付けたと聞いている。

隅田川七福神のうちの弁財天もまつられている人気の高い寺で、しかも門前では有名なさくら餅が売られていて、参拝客も後を絶たない。

郷右衛門が暮らす隠居所、つまり別宅は、この長命寺の東方にあった。板塀を巡らした簡素な家だった。

吉蔵は、門に備え付けられている厚い板を叩いた。するとすぐに、下男が走って出て来た。

「北町の御用を預かる吉蔵という者だが、郷右衛門さんに話を聞きたいことがあって寄せてもらった」

取り次いでくれと頼むと、下男は家の中に引き返して主の意を受け、吉蔵を横手の木戸から庭の中に案内してくれた。

郷右衛門は、中庭で庭木の枝を剪定《せんてい》していた。

吉蔵の姿に気付くとその手を止め、縁側に腰掛けるよう勧め、自分も並んで腰を掛けると、冬の庭木の様子を眺めながら、

「木の枝は冬の内に剪定しておかないと……とはいっても、いつまで自分で出来るか心許《こころもと》ない」

苦笑して言った。

だが、下男がお茶を運んで来て引き下がると、そのお茶を吉蔵にも勧め、自分も手に取り、

「わしに何を訊きたいというのかね」

真顔で吉蔵の顔を見た。

「実は、高利貸しを殺した下手人の探索を行っているのですが……」

吉蔵はまず、宇兵衛の殺害、そしてその宇兵衛殺しを実見したと言っていた益之助も殺害されたことを郷右衛門に話した。

「はて、人殺しのことでわしに何を訊きたいのかな」

解《げ》せぬ顔で郷右衛門は訊く。

「へい、宇兵衛を殺した下手人を実見した益之助という者は、下手人を尾行して見届けているんですが、その下手人、富田屋に入ったと言っていたんです」

「何……」

そんな馬鹿なと郷右衛門は吉蔵の顔を見た。

「実は富田屋鶴太郎の名で宇兵衛から借金をしている者がおりまして、証文は残っていませんが帳面にはその名が記帳されていやす。鶴太郎さんは知らないと言

っておりやすが、富田屋鶴太郎が借りた額は四百両……」

「四百両……何かの間違いではないのか」

郷右衛門は驚いている。俄に顔が険しくなるのを吉蔵は見た。

「宇兵衛の店の帳面にはそうありやす。しかも帳面上はまだ返済はしていないのに、証文が無くなっているんでさ。金の亡者だった宇兵衛という男、まさか毎日の金の出入りを記帳しなかったり、嘘八百を記しているとは思えねえ。それと、手代の直次郎さんも、宇兵衛から金を借りています」

「何……」

郷右衛門は驚愕の目で吉蔵を見た。

「直次郎さんは質草に懐刀を入れて三両借りていました。直次郎さんの方は、知り合いの娘の出産費用に借りたということは分かっています。本日富田屋に伺いまして鶴太郎さんに問い質しましたところ、借金など自分はしていない、知らないと……また、宇兵衛と益之助が殺された夜には外出していない。外出したのは直次郎だと言ったんです。ところがその直次郎さんは、昨日から行き方知れずになっていやして」

「……」

郷右衛門は黙然として耳を傾けている。

「鶴太郎さんの話では、あの者は……直次郎さんのことですが、親父殿が拾って来た人間で、帰る国も頼れる者もいない筈だと……。鶴太郎さんの話から考えられることは、借金をしていたのは直次郎。二人を殺したのも直次郎。そしてその直次郎は姿を消したのだと、そのように聞こえましたので、ならば直次郎さんのことをよく知る郷右衛門さんにも話を聞かなければと、こちらに寄せていただいた訳でございやす」

吉蔵はそう告げると、直次郎はどういう人間なのか、また店を出たとすると身を寄せる所はあるのか、それを教えて欲しいのだと郷右衛門に言った。

「異なこともあるものよ……」

愕然として郷右衛門は呟いた。そして、

「直次郎が四百両の借金をした……何かの間違いじゃないのかね。それに、人殺しをするような人間ではない。鶴太郎は何を馬鹿なことを言っているのだ」

郷右衛門の顔は怒りの色に染まっている。

「あっしもそのように信じたいのです。だからこちらに参りやした」

吉蔵は神田川の河岸地で、凧上げをしている子供たちをながめていた時、直次

郎と知り合ったことを話し、直次郎は信用に足る人間だと思っていたと郷右衛門に告げた。そして、

「ただ、本人の口から話を聞くまでは、知り合いだから目こぼしをするという訳にはまいりやせんので」

吉蔵は茶碗を盆に戻し、郷右衛門の横顔を見た。

郷右衛門は頷いた。だがその視線を枯れた庭に向けたまま、

「直次郎は十二歳になるまで塗炭の苦しみを味わっている。だがそんな境遇にあっても、盗みをしたり、人を傷つけたりしたことはない。そんな人間が今ごろになって、四百両もの金を借り、挙げ句の果てに人殺しをして姿を隠すなど、わしは信じない……」

郷右衛門はきっぱりと言った。その口調には少しの揺らぎもなかった。

「親父殿が旅先で拾ってきたと鶴太郎さんは言っていましたが……」

吉蔵はその話に水を向けた。

「ふん、何が親父殿だ。あの者を婿に入れたのは間違いだった」

いまいましげに郷右衛門は言い放った。

「鶴太郎さんは、婿養子だったんですか」

驚いたのは吉蔵だ。

「鶴太郎の母親との約束があったものだから、婿に入れて娘と夫婦にしたんだが……。まあそのことはいい。吉蔵親分と言ったね。わしが直次郎と会ったのは十三年前だ。桑名の宿でのことだった……」

郷右衛門はまた枯れた庭に視線を移すと語り始めた。

十三年前、郷右衛門は伊勢で木綿の買い付けをした帰り、桑名の宿場の馬小屋で、荒い息を吐いて臥《ふ》せっている尾羽打ち枯らした浪人を見た。

浪人の側には倅だと思われる少年がいて、それが直次郎だった。

「父上……父上……」

その時直次郎は声をあげながら、手の甲で涙を拭いていた。

側には『真』と墨字で書かれた、赤茶けてところどころに小さな穴が見える凧が置いてあった。少年のものだと思った。

父親は旅の途中で倒れたのだと郷右衛門は察した。しかも親子は無銭の旅に近いのだろう。病で苦しんでいるのに、身体をよこたえているのは馬小屋の藁《わら》の上だ。宿賃もなく、宿場の人の厚意で馬小屋に入れてもらっているようだ。着物は着古していて、ほころびも見え、何時洗濯したか分からぬほど汚れたままだ。

仕える主を持たない浪人であることは一目瞭然。郷右衛門は見かねて宿場の者に頼んで医者を呼んでやった。江戸市中で中堅処の店を持つ商人として、また一人の人間として放っておけなかったのだ。

医者はすぐに来てくれて診察してくれた。だがその診立ては、

「二、三日が山場ですな。心の臓が弱っている」

手の施しようが無いのだと教えてくれた。

郷右衛門は困った。いらぬ問題を抱え込んだものだと後悔した。商いの旅の帰りで急ぎの旅ではなかったが、浪人の最期を看取れば数日桑名で足止めだ。

宿場の者に金を渡して、最期を看取ってやって欲しいと頼んだのだが、薬で一度目を開けた浪人は郷右衛門の手を取って、

「私は敵持ちでござる。国を出てから浮浪の旅を三年続けて参ったが、案じられるのは我が倅のこと」

と告白し、自分は柿沢朱門《かきざわしゆもん》という者で、倅は直次郎と言い今年で十二歳になる。私が亡くなったのち、どうか直次郎を江戸に連れて行ってもらえないものか。そしてどこかの店にでも丁稚奉公させてやってもらえぬものだろうかと、郷右衛門

に懇願したのである。
「分かった。安心して下さい。骨を折りましょう」
郷右衛門は柿沢朱門と約束した。
柿沢親子に会って二日目のことだったが、直次郎の聡明さはすぐに分かってい
たし、浮浪の旅を父親としていた筈だが、卑屈なところもみられなかった。他人
に苦悩をみせないという堅い意志も見受けられて、郷右衛門はいたく感心してい
たのである。
柿沢朱門が亡くなると、郷右衛門は桑名の寺に無縁仏として埋葬し、直次郎を
連れて江戸に戻ってきた。
「その時直次郎が形見として持ってきたのが、今話にあった懐刀と爪だった。富
田屋に連れて来てから、商人として一から叩き込んだのです。そういうことです。
直次郎は富田屋になくてはならない手代なんだ。鶴太郎が主としてこれまでやっ
てこれたのも、直次郎のお陰だ。それは本人も分かっている筈だ。わしは娘の婿
に直次郎をと思ったこともあったのだが、鶴太郎を婿にすると娘が幼い頃に約束
していたものだから……」
郷右衛門はため息をついてから、

「直次郎が大金を借りるとは思えない。また、人殺しなどする訳がないのだ。先ほどお前さんの話にあった、知り合いの娘の出産のために質に入れた懐刀は、たったひとつの父親の形見なんだ。一番大切な形見を人助けで質に入れるような男が、己のために何百両も借りる筈がないだろう。まして人殺しなどする筈がない」

そんなことも洞察できないのかというように、郷右衛門は強い口調で言って吉蔵を見た。

八

翌日のことだ。富田屋の鶴太郎は夕刻になって店を出た。

あれからずっと張り込んでいた清五郎は、鶴太郎の後を追っていく。富田屋を出た鶴太郎は北に向かって歩を進め、神田川に架かる和泉橋を渡り、神田松永町にある表玄関が格子戸になっている仕舞屋《しもたや》に入った。

家の中からは三味線の音が聞こえて来る。

——三味線の師匠の家か……。

清五郎は注意深く見渡した。

仕舞屋は新築の木の香りがする立派な二階屋だ。

鶴太郎は三味線を習っているのかと思った。それならしばらくは外には出て来ないだろうと思っていると、格子の奥に見える内玄関の戸が開いた。

清五郎は慌てて物陰に身を隠す。

内玄関から出て来たのは鶴太郎だった。二十歳ぐらいの化粧っ気のない若い女中に送られて、鶴太郎は表玄関の格子戸のところまで出て来ると、

「よいね、おっかさんを頼んだよ」

女中にそう言ったのだ。すると女中は、

「ご心配なく。それより夕食一緒に召し上がればよろしいのに。おかみさんは若旦那のことをずっと心配しているんですから」

鶴太郎を引き留める。

「おさと、それはこっちの台詞《せりふ》だよ。お前からおっかさんに言っておいておくれ。しばらく贅沢しないでおくれって……もう、持ってこられないんだよ」

鶴太郎はそう告げると、帰って行った。

おさとと呼ばれた女中は鶴太郎を見送ると、表玄関の格子戸を閉め、内玄関に

向かった。

「もし……」

清五郎は格子戸の外から呼びかけた。

振り返った女中を手招きすると、女中は下駄をならして出て来た。

「何でしょうか。お弟子になりたいってことでしょうか？」

おさとという女中は訊いてきた。

「いや、あっしは十手を預かる者だ。少し尋ねたいことがあってね」

清五郎がそう言うと、

「おかみさんにですね」

引き返そうとするのに、

「いやいやお前さんにだよ、おさとさん」

「あたしの名をご存じですか」

怪訝な顔をおさとはする。

「いや、さっき鶴太郎さんがお前さんをそう呼んでたじゃねえか」

「あっ」

おさとは笑った。笑うと八重歯が見える可愛らしい娘だ。

「なあに、難しいことを訊きたい訳じゃあねえんだ。ここの三味線の師匠の名は？」

笑みをみせておさとに訊いた。

「おれんさんですが……」

「鶴太郎さんのおっかさんなんだね」

「はい」

と頷きながら、女中は早く解放されたい顔だ。

「すまねえな。これも仕事なもんでね。おさとさんの迷惑になるようなことはしねえから……」

清五郎は、かねてより用意してあった小粒を包んだ懐紙を、おさとの手に握らせる。

「こんな……こまります」

拒否しようとするおさとの掌に、懐紙を包み込むように押しつけると、

「たまにはしる粉の一杯も食べるといい」

「すみません」

おさとは小さく頭を下げると、前帯の内側に懐紙を入れた。

「で、鶴太郎さんは良くここに来るのかね」

清五郎の問いにおさとは頷くと、

「母一人、子一人で暮らしてきたんです。若旦那は誰よりもおっかさんが大事。この家だって鶴太郎さんが建てたんですよ」

おさとは振り返って、白木の家を眺めて言った。

「ほう、親孝行なんだな」

清五郎が関心してみせると、

「この家を建てるまでは、米沢町の古い家で三味線の師匠をしていたようです。でも、鶴太郎さんが富田屋の婿に入ってから、羽振りが良くなって、あたしも雇ってくれて……」

おさとは、すらすらと話してくれる。

「おさとさん、おれんさんは富田屋の、今は隠居している郷右衛門さんとどんな関係なんだね。どういう事情があって鶴太郎さんを婿に迎えたのか、教えてもらいてえんだが……」

「ああ、それね。先代の富田屋さんて方は、ずいぶん昔からおかみさんに三味線を習いに来ていたようなんです。面倒見の良い優しい方で、おかみさんがまだ幼かった鶴太郎さんを見せて、富田屋さんにはお嬢様しかいない、先々息子を婿にしてほしいものだと言ったところ、じゃあ成人した暁にはということになって。鶴太郎さんは十五歳の頃から富田屋に入って商いを覚え、三年前に正式に婿に入ったんです」

「なるほどな……いや、ありがとう」

清五郎はおさとに礼を述べて、鶴太郎の母おれんが暮らす仕舞屋を後にした。

清五郎の胸には、鶴太郎への不信が広がっている。

あの仕舞屋を建てた費用は、どこから出たのか。生半可な金額では無い。

——おや……。

俄に落ちて来た柔らかい雪片に清五郎は気がついた。

立ち止まって空を見上げる。薄曇りの中から不意に雪が現れては落ちてくる。

清五郎は襟を合わせた。そしてふと思った。

——この寒空の中を……。

手代の直次郎という男は、どこでどうしているのかと……。

その直次郎は、米沢町の高利貸しで殺された宇兵衛の店の前に立ち、はらはらと降る雪を肩に受けていた。

菅笠《すげがさ》を被り、袷羽織《あわせばおり》を羽織っていて、股引に草鞋《わらじ》姿だ。そして、手には編み笠と半合羽を持っている。

これから旅にでも出ようかという姿である。

ただその姿で、先ほどから店の戸を見詰めて立ち続けているのは、何か迷いがあるようだった。

その直次郎を通りがかりの人たちが、怪訝な目で見て行き過ぎる。

宇兵衛の店は戸を閉ざしてしんとしていて、直次郎は店の中に入ろうかどうしようかと迷っているのだった。

「あの、何か……」

そこへ外から帰ってきた宇兵衛の女房おすまが声を掛けた。

「これはおかみさん、私は直次郎という者ですが、質草に出していた懐刀を受けにまいりまして」

直次郎の顔には不安が張り付いている。

「あ？　富田屋の方でしたね。で……どのような懐刀でしたか？」

「鞘は黒、三つ葉の紋がついています。父親の形見でございまして」

「ああ……」

おすまは頷いて、直次郎を店の中に入れてくれたが、

「もう商いは止めたんですよ。亭主がみなさんに貸したお金は、誰かに少しでも取り立てていただいて、それで終わりにしようと思っています」

おすまはそう説明してから、奥の部屋から懐刀を持って出て来た。

「こちらですね。たしか、お知り合いの方の出産の費用のためだとおっしゃって……」

「はい、助かりました。恩に着ます」

「で、無事出産なさったのですか？」

おすまは尋ねる。

「まもなくだと思います。ありがとうございました」

直次郎は用意してきた返済金を包んだ懐紙を、おすまの前に置き、懐刀を受け取った。そして礼を述べて踵《きびす》を返そうとした直次郎を、

「もし」

おすまが呼び止めた。

「あなたは宇兵衛を殺した下手人に心当たりはありませんか？」

直次郎の目を見詰めて、おすまは言った。一瞬直次郎はぎょっとした顔をしたが、

「ありません。お役にたてなくて」

直次郎は頭を下げた。胸の中では激しく動悸がしている。

するとおすまは落胆した顔で、あれからお役人も探索してくれてはいるのだが、杳《よう》として下手人は分からないのだと肩を落とした。

「倅でもいれば心の支えになるんだけど、私も一人になってしまって……」

心細さがおすまの声音にも現れている。

「おかみさん、どうか心丈夫に、お元気でお過ごし下さい」

直次郎は慰めを言って外に出た。そんな慰めが何の力にもならないことは分かっている。

母を幼い頃に亡くし、父と二人で国を出て浮浪の旅を続けた日々を忘れたことはない。

しかもその父も病で亡くして、この世の無常をたっぷりと味わわされてきているのだ。

自分を桑名の宿で先代の富田屋が拾ってくれなかったら、今頃どんな暮らしを

していたか……暮らしなどなりたたず、とっくの昔に夜盗の仲間入りか……はたまた野垂れ死にしていたに違いないのだ。

直次郎は袷羽織で懐刀を胸に抱き留めると、向島の方に顔を向け、菅笠をぐいと押し上げた。

向島には恩ある郷右衛門が暮らしている。その郷右衛門に別れも告げずに江戸を発つことは、何より心苦しいことだ。

「旦那さま……」

直次郎は、降りかかる雪を顔に受け止めながら、訴えるような視線で遠くを仰いで頭を下げた。

そして意を決して雪の中に踏み出した。だがその時だった。

「もし、直次郎さんじゃあ」

声を掛けられて振り向くと、吉蔵が近づいて来た。

直次郎は慌てて菅笠で顔を隠すと、走り出した。

「直次郎さん、訊きたいことがあるんだ！」

吉蔵の声が追っかけて来たが、直次郎は街の角を曲がると、そこに積んであった樽の後ろに身を隠した。

吉蔵は、その樽のある場所を過ぎて走って行ったが、屋台の蕎麦屋の前で立ち止まった。

四方八方に視線を凝らす吉蔵の姿を、息を殺して見ていたが、やがて吉蔵は諦めたのか、宇兵衛の店の方に引き返して行った。

直次郎は息を詰めていたが、ようやくほっとして立ち上がった。

九

「あっ、どうしましょう……」

黒駒屋の台所から佐世の声が聞こえる。

おきよが出産間近のおはるの所に居続けるようになってから、佐世はたびたび黒駒屋にやって来て、夕食を作ってくれているのだが、思い通りにはいかないようだ。

今日もどうやら失敗したらしい。魚を焼きすぎたり、煮物を焦げつかせたりと毎度のことだが、吉蔵の方が落ち着かない。

「お父上が心配される。大丈夫だから、自分で出来るから」

吉蔵がやんわりと断っても、佐世は馬耳東風、せっせと食材を運んで来ては台所に立つのであった。

今日も吉蔵が帰宅するや、それに合わせるように佐世がやって来て台所に立ってくれている。

「吉さん、いいかい」

そこに清五郎と金平がやって来た。二人とも肩に掛かった雪を払い落として部屋に上がって来た。

「親父さんのところに行こうかと思っていたところですよ」

吉蔵は、宇兵衛の店の前で直次郎と思われる男に出合い、声を掛けたが逃げられてしまったこと。また様子が尋常ではなく、旅にでも出ようかという姿だったことを二人に告げた。

「菅笠に股引姿ですか。二人を殺した下手人だったら、江戸を払うだろうな」

金平が言う。

「いや、怪しいのは鶴太郎だ」

清五郎は言った。そして、鶴太郎の母親の家で女中をしているおさとから聞いた話を二人に話した。

「そうか……新しい家の建築費用は鶴太郎が運んだ金でまかなったのか……そんな大金を鶴太郎はどこで手に入れたんだということになる」

吉蔵は清五郎に視線を投げる。

「その通りだな。今暮らしている家の近隣の者たちに、親子の話を聞いてみたんだ。そしたら、母親のおれんは贅沢が大好きで、新しい家を建てただけじゃ満足できず、骨董品を買い集め、また着物持ち物、なんでも贅沢品を揃えるのが生き甲斐だと、近隣のかみさん連中に自慢話をしているらしい。倅を打ち出の小槌のように考えているんじゃねえかと、近隣の者たちからはすこぶる評判が良くねえんだ。そんな暮らしだから、しょっちゅう商人が出入りしているという話だぜ」

清五郎は言った。吉蔵は頷いて、先ほどの続きを話した。

「親父さん、あっしが宇兵衛の店に今日行ったのは、内儀に確かめたいことがあったからなんだ。帳面上四百両もの大金を借りたことになっている鶴太郎のことを、おかみさんは知っていたのかと訊いたところ、亭主がどんな証文を交わしたのかは知らないが、一度目の三百両、二度目の百両ともに、店にお金をとりにきたのは直次郎だったというんです。その場に内儀もいたようなんでさ。それが縁で、直次郎は懐刀を質に入れて三両借りたようですから。また、内儀は何百両もの大金を、一介の手代に貸すことはないと言っていやした。お金を取りにきたのは直次郎さんだったが、それは主の代わりにやってきたんだろうと……」

「そういうことだろうな。鶴太郎は嘘をついている。内儀のおしのさんは、そのことを知らされていないようだな」

清五郎は顔を顰める。

「内儀のおしのさんだけじゃねえ、向島で暮らしている先代も、何も知らなかったようだからな」

吉蔵はそう言って、金平に根付けのその後の調べを尋ねた。

「それですが、回向院《えこういん》のご開帳の折に出店《でみせ》に出ていた物だと分かりました。店の名は小間物屋の『東西屋《とうざいや》』です。その東西屋にも話を聞きましたが、買ってくれた者が誰だったのか、それは分からないということでした」

「こうなったら、鶴太郎から目を離さないことだな。殺しを実見した者が出て来れば、即座にこの一件は解決するのだが……」

一気には探索の進まぬことに、三人が気落ちしているところに、佐世が大皿に盛った料理を運んで来た。

「お疲れでしょう。いろいろと盛り合わせています。お酒もすぐに温めますから……」

三人の間に置いた大皿には、蛸《たこ》の甘辛煮、里芋の煮っ転がし、かまぼこ、大根の膾《なます》、鯖《さば》の塩焼きなどが載っている。

「ごちそうだ！……朝たべたきり、何も口にしてねえんだ」

金平は喜んで、里芋をぱくりとやるが、

「うっ」

吉蔵の顔を見た。

「どうした……」

台所に引き返した佐世に聞こえないように尋ねる。すると金平は小さな声で、

「半煮えです。まだ固いところが……」

苦笑した。

「いいから飲み込め」

清五郎は笑ったが、その時、店に入って来た者がいる。

「吉蔵親分さんのお宅でございやすね」

吉蔵が店に出て行くと、中年の袢纏《はんてん》を着た男が言った。

「吉蔵さんですね。今夜から明日にかけて生まれそうだと、おきよさんからの伝言です」

その頃おはるが住む長屋の路地では、又平が雪降る中を、あっちに行ったり、こっちに来たりしながら、時折おはるの家の腰高障子に耳を当てている。おはるの容体が気になるのだ。

夕方の七ツ過ぎから陣痛が始まって、又平としても無事出産を見届けるまでは落ち着かない。だが又平に出来ることは、長屋の外でその時を待つ、それだけだ。

長屋の中では、おはるが痛みに耐えているのだった。

「おはるさん、しっかりして下さいよ。おちついて、大丈夫だから、息を整えて」

取揚婆が湯飲み茶碗の酒を飲みながら、天井から吊された綱を握りしめ、歯を食いしばっているおはるを励ましているのだった。

おはるは丸めた布団に背をもたせかけていて、それがために、台所で湯を沸かしているおきよにも、刻一刻の様子が良く分かる。

おきよはおはると取揚婆に気を配りながら、竈《かまど》にどんどん薪をくべ、大釜に湯を沸かしている。

台所の板の間には、たらいが用意され、手ぬぐいや白い布など、生まれてくる赤子に必要な物は全て揃えて置いてある。何時生まれても良いように万端整えているのだった。

「おきよさん、まだなのかい？」

そこに長屋の女房二人が入って来た。

おとよとおきちという女房で、長屋では幅をきかしている女たちだ。

二人はそれぞれ大皿とどんぶり鉢を手にしている。おとよの持つどんぶり鉢には握り飯が入っているし、おきちが持つ大皿には漬け物や大根の煮たものなどお菜が載っている。

「おきよさん、これ、食べて下さいな。おはるさんにも陣痛の合間に食べさせてやって下さい」

おとよとおきちは持参したどんぶり鉢と大皿を置いて、おきよの耳元に、

「取揚婆さんはまずお酒だから、切らしちゃだめだよ」

そう言ってにっと笑った。

「はい、教えていただいてたっぷりと……お茶よりお酒が良いとのことですし。

でも、驚きました。産婆さんがお酒片手に取揚げをするなんて……」

おきよは、むこうでおはるを励ましている取揚婆を見ながら、小さな声で二人に言った。

「命にかかわる大変な仕事だから、酒を入れなきゃやってられないってことらしいですからね」

おとよは笑った。

「まだ時間がかかりそうだね」

おきちがおはるの様子を見ておきよに訊く。

「ええ、もう長い時間、あんなに力を入れて、気絶しやしないかと心配で……」

おきよは、自分が子供を産んだことがないだけに、余計に心配なのだ。

「初産だからねえ、無理もないよ。何かあったら手伝うから大声を出して下さいな。それにしても、おきよさんが来てくれて大助かりというもんだ。あたしたちも一日中ついててあげたいけど出来ないんだから、内職しなきゃあおまんまが食べられないんだから」

おきちはおきよを労ってくれる。実際おきよは、この長屋に来てから睡眠もままならない日々を送っているのだった。

「そう言っていただくとここにやってきた甲斐があります。でもはらはらしているだけなんですよ」

「とんでもないよ。それ以上のことはあたしたちにだって出来やしないんだから」

二人の女房はそう言って帰って行った。

腰高障子を開け閉めするたびに、冷たい夜気が部屋に入り込んでくる。

おきよはぶるるっと肩をふるわせてから、二人が持って来てくれた、握り飯とお菜をおはると取揚婆のところに運んだ。

丁度おはるも痛みが少し落ち着いた様子で、おきよが握り飯を手渡すと、

「ありがとう、お手数かけます」

おはるは疲れた顔でおきよに礼を述べ、一口、二口、お握りを食べ始める。

だがすぐに、ぼろぼろと涙を流し始めた。

「おはるさん……」

おきよは、おはるの背中に手を回して、優しく撫でてやる。

こんな大業を一身に引き受けて、おはるは不安と緊張で心が潰れそうになっているに違いない。父親になるべき人が側にいないばかりか、連絡もつかないのだ。

その男を信じて出産に踏み切ったおはるに、若い時に見た幼なじみの苦しみがおきよの脳裏に甦り、背中を撫でる手に力が入る。

すると、おはるがぽつりと言った。

「せめて、直《なお》兄ちゃんがいてくれたら……赤ちゃんが生まれた時、直兄ちゃんに見てもらいたかったのに」

「直兄ちゃんて、お兄さんがいるんですか？」

驚いておきよは訊く。これまでおはるに兄がいた話は聞いた事がなかったのだ。

するとおはるは、

「昔、あたしとおっかさんが旅先で知り合った兄ちゃんなんです。その兄ちゃんがあたしの、この出産費用を出してくれたんです」

おはるは、台所に万端用意されている出産に必要な数々の品に視線を投げて、

「兄ちゃんだって好いた人がいたのに……自分の思いは実らない、せめておはるちゃんの夢だけでも実らせてあげたい。そう言って大切な品を質に入れてまで借金してくれて……」

「それじゃあ、その兄さんに知らせてあげなくちゃあ」

「それが、又平爺さんにお願いして、兄ちゃんが奉公しているお店に知らせに行

ってもらったんだけど、もう辞めて、ここにはいないって言われたって……」

「まあ……いないって、どうしたんでしょうね」

おきよはおはるの顔を見る。だが、おはるが落胆している様子を見て、

「きっと来てくれますよ、きっとね。出産の費用まで出してくれたんですもの。だからしっかり食べて、元気な赤ちゃんを……ね」

おきよはおはるの手を取った。

十

雪は止《や》み、長屋の路地には三寸ほどの雪が積もり、しんと静まりかえっている。

又平の姿も見えない。流石《さすが》に寄る年波に逆らうことは出来ず、徹夜で出産を待つことは諦めて、昨夜遅くに又平は家に入って寝てしまったようだ。

東の空には先ほどから東雲《しののめ》が帯を作っていて、その光が積もった雪の表面を、ギヤマンのように光らせている。

そんな寂々とした長屋の路地に、突然赤子の泣き声が聞こえてきた。

「おぎゃあ、おぎゃあ！」

赤子の声が路地を駆け巡る。すると、長屋の女房たちが寝間着のまま飛び出してきて、おはるの家の中に駆け込んで行く。

又平も寝ぼけ眼《まなこ》で外に出て来た。着物の前をはだけた格好で、おはるの家の戸口に歩み、中に居る長屋の女房たちに尋ねた。

「無事に生まれたんだな……男か女か？」

「男の子だよ」

家の中から教えてくれた。だが、中に入ろうとした又平を、

「駄目駄目、男は入れないよ。後で赤ちゃんは見せてあげるから、待ってな」

女房たちに押し出された。

又平は長屋の路地に戻ると、泣き続ける赤子の声を聞きながら、拳《こぶし》を作って、よっし、やったぞと何度も拳を振る。心底嬉しいのである。

「又平爺さん……」

その時だった。物陰から又平を呼ぶ声がした。

又平が振り向くと、給羽織の直次郎が人の目を憚《はばか》るようにして近づいて来た。

「なんだ、直さんじゃねえか。どこに行ってたんだよ。無事生まれたぞ」

又平は弾んだ声で言った。

二人の耳朶に、元気な赤子の声が聞こえて来る。

「良かった、生まれたんだね。元気な声だ。ほっとしたよ。これでいい、これで」

帰り掛ける直次郎に、

「ちょっと何処《どこ》に行くんだよ。赤子の顔を見てやらねえのか……おはるちゃんは、ずっと待っていたんだぜ。兄ちゃんに見てもらいたい、お礼も言いたいってよう」

又平は、よたよたと歩み寄って引き留めるが、

「おはるちゃんの顔を見たいのはやまやまだが、急ぎの用があってね。旅に出なくちゃならないんだ」

苦渋の顔の直次郎だ。

「顔を見ずに旅に出るっていうのかい、そりゃあないぜ直さん。おはるちゃんは与之助に裏切られたにちげえねえんだ。みんなそう思っている。そのうえ直さんにまで去られたんじゃあ心細い。せめてこの雪が融けてから旅に出てもいいじゃねえのかい。足元だって悪いしよ。あっしの家で雪が融けるのを待ってからにすればいいんだ。今あたたかい味噌汁を作るから、食べてくれよ。おはるちゃんと

赤子の顔を見てから出かけりゃいいじゃねえか」

　又平は思いつく言葉を並べて、直次郎を必死に引き留める。

　だが引き留めながらも、いつもとは違う直次郎の様子に何か事情があるのだろうと、又平は察しているのだ。

「すまない、又平爺さん。おはるちゃん親子を頼むよ」

　直次郎は踵を返した。

　だが、あっと驚いて立ち止まる。長屋の木戸から吉蔵と金平、それに清五郎が近づいて来た。

　三人は昨夜おきよから出産間近だと知らされて、今日は探索の前に様子をみるためにやって来たのだ。驚いたのは吉蔵たちも同じだ。

「吉蔵の親分……」

　強ばって佇《たたず》む直次郎のもとに、吉蔵たちは歩み寄りながら、

「直次郎さん、旅に出るつもりですかい……ずっと捜していたんですぜ」

　吉蔵は声をかけた。

　じりっじりっと直次郎は後退していたが、背後は長屋の行き止まり。突然吉蔵たちに突っ込んで来た。

だが、吉蔵たち三人を突っ切れる筈がない。難なく囲まれて、

「何故逃げる、直次郎さん！」

吉蔵は直次郎の腕を摑んだ。

「訊きたいことがあるんだ。そこの番屋まで来てもらいたい」

赤子の泣き声が睨み合う二人の耳を打つ。

「うう……」

直次郎は膝をついた。

「遅かれ早かれこうなると、覚悟はしていました」

力尽きた様子の直次郎の肩に、吉蔵は手を伸ばして立ち上がらせた。

そこに又平が歩み寄り、

「直さん、いったいどうしたっていうんだよ」

震える声で問い質す。

「又平爺さん、ちょっと話を訊きたいだけだ」

「親分さん、親分さんが訊きてえってことは、この直さんが何か不都合なことでもしたからなのかい……冗談じゃねえや」

突然又平は怒りの声を上げた。

「この人が、十手持ちの世話になるようなことをする訳がねえ。この老いぼれ命を懸けてもいいぜ」

「あっしもそうであってほしいと思っているんだ。だがな、話は訊かなくちゃあならねえ。それがあっしのお役目だ」

吉蔵はそう告げると、金平に平八郎に知らせるよう命じ、直次郎を伴って長屋を出た。


番屋の奥の板間には険しい空気が流れている。ここは番屋に設《しつら》えた罪人を詰問するところだ。

凶悪な犯罪人なら縄を掛け、壁にある鉄のわっかに縄をくりつけ、容易に動けぬようにするのだが、直次郎には縄も掛けてはいない。

その直次郎は、吉蔵と清五郎の前で頭《こうべ》を垂れて座っている。

「宇兵衛を殺したのは自分だと、今そう言ったが、嘘偽りではあるまいな」

清五郎が念を押す。すると直次郎は顔を上げて、

「借りていた四百両を返金するよう厳しい催促を受け、このままではお店に知れる。そうなれば、富田屋に迷惑がかかる。悩んだ末に、宇兵衛の旦那には気の毒

だったが、待ち合わせていた亀井町で殺しまして……」

宇兵衛殺しの下手人は、あくまで自分だと言い張る。

「それで、殺した時の宇兵衛とのやりとり、それから殺しの得物《えもの》はなんだったんだね。お前さんは昨日、懐刀を請け出してきたところじゃないか。なんで刺したのか、またどこをどう刺して殺したのか……」

清五郎の追及を、吉蔵はじっと聞いている。

「宇兵衛は、返せなければ先代に知らせると脅してきたものですから……得物は包丁です」

「包丁……富田屋の台所から持ち出したのかな」

「いえ、古道具屋で買ったものです」

「どこの?」

「八幡宮の市に出ていた品ですから分かりません」

「どこを刺して殺したんだ。そして今その包丁はどこにある?」

「胸を何度も刺しました。包丁は堀に投げ捨てました」

直次郎はすらすらと答えた。清五郎は落胆の息を大きくつくと、吉蔵に視線を投げて来た。

宇兵衛を殺した下手人は、迷いも無く心の臓を一刺しで始末している。凶器は何だったのか、それは今でも分かっていないが、今直次郎が言ったように、堀の底に沈んでいるとは思えない。

なぜなら、その後に殺された益之助の傷跡も、宇兵衛が受けた傷跡と酷似していたからだ。

直次郎は前もって考えていた話を言ったのだろうと思った。

清五郎の後を受けて、今度は吉蔵が質した。

「宇兵衛を殺した時、宇兵衛の持ち物を盗った……そうですな」

直次郎は一瞬驚いた顔をみせたが、すぐに頷いた。

「今その品々はどこにある……持っているのなら出してもらおうか」

「それが……」

うっかりどこかに落としてしまったと直次郎はまたもやはぐらかす。

「直次郎さん、あんた、嘘をついているね」

吉蔵は強い口調で直次郎を睨んだ。

「吉蔵親分……」

「宇兵衛殺し、益之助殺し、二つの殺しをこれまで探索してきたが、お前さんの言っていることと、一致したものは無いんだ。本当におまえさんが下手人だというのなら、殺しに使った得物のこと、殺し方、その他もろもろについても、符合する筈だ」

「しかしそれは……」

「あっしの勘だが、直次郎さんが富田屋から姿を消したのは、益之助が殺されたあとだった、そうだな。なぜ後だったのか。宇兵衛殺しの下手人が、まさか分かる筈はないと考えていたからだ。ところが益之助という男が偶然宇兵衛殺しを実見、下手人の住処まで突き止めていた。富田屋の人間だと知っていた。しかもそれは主の鶴太郎だと……」

じいっと吉蔵は直次郎の顔色を見る。

みるみる直次郎の顔が蒼白になっていく。その顔色の変化を見ながら、吉蔵は直次郎を問い詰めていく。

「益之助は宇兵衛殺しを見たと富田屋鶴太郎を脅しにかかったんだ。益之助は金が欲しかった。自分のためじゃねえぜ、長屋の娘を救うための金が欲しかったんだ。益之助が幾ら出せと脅したかしらねえが、このままではやばいことになると思った鶴太郎は、益之助も殺した。そしてその罪を、直次郎さん、おまえさんに背負わせたんだ」

「私が殺《や》ったんだ、私が……」

直次郎はそう言ったが、吉蔵は直次郎の言葉など無視して問い詰めていく。

「実はね、直次郎さん。あっしは先日、先代の郷右衛門さんに会ってるんだ。その時に、先代から直次郎さんと桑名で出合った話を聞いている。直次郎さんは父上を桑名で亡くし、先代に引き取られて、やがて富田屋の奉公人となり、優秀な手代となった。これまでの経緯を考えると、先代には並々ならない恩を感じている。それはあっしでも分かりやすぜ。ですがだからと言って、鶴太郎の旦那を庇《かば》って下手人の役を引き受けようなんて、それはまっとうな考えじゃあねえ。あっしと違って頭のいい直次郎さんのことだ。分からねえ筈がねえ」

「……」

「父上の柿沢朱門さんが、あの世で嘆いていると思いますぜ」

「いや、いや、私が……」

「いい加減にしねえか！」

吉蔵は一喝した。そして、

「がっかりしたよ、おめえさんには。あの神田川の堤で、何時か一緒に凧を揚げようと約束したな。おめえさんも父親との思い出が凧にはあると言っていたが、あっしも父親との思い出は凧なんだ。あっしを捨てた父親だが、凧を揚げると親父と一緒にいるような気持ちになれるんだ」

「……」

直次郎の顔が歪んでいく。今にも涙が溢れそうだ。

「おはるさんだって、がっかりするぜ。旅先で出合って兄とも慕うおはるさんだ。そんな兄さんが人殺しだったなんて、誰がおはるさんに話せるかな」

流石にしゅんとなった直次郎だ。だがふっと顔を上げて何か言葉を発しようとしたその時、驚いて声を上げた。

「おしのさま……」

差配たちが居る畳の部屋と板間の間にある板戸が開いて、平八郎が富田屋の内儀おしのと、富田屋の袢纏を着た番頭らしき中年の男を連れて入って来たのだ。番頭らしき男は、風呂敷包みを抱えている。

「直次郎さん、ごめんなさい。こんな目に遭わせてしまって……」

おしのは、直次郎に駆け寄ると、膝をついて涙を流す。

「おしのさま」

「あの人にずっと欺されていたんです。お店のお金も番頭さんに口止めしてたびたび持ち出していたようでした。それでは足りず、高利貸しでお金を借りて、ついに人殺しまでするなんて……それに、直さんまでこんな目に遭わせて……なんとお詫びしてよいのか……」

おしのは泣きながらみんなの前に、革の財布と真鍮に鎌首をもたげたまむしを彫った煙管を差し出した。

「おしのさま！」

驚いたのは直次郎だけではない。

吉蔵も清五郎も一瞬息を詰めて財布と煙管を見た。

「夫が出かけた隙に文箱の中にあったのを見付けて……そしたら、財布のかぶせに『宇』という文字があるではありませんか。息がつまりました。これは殺された方の物だと分かりました。それで番頭さんに話しましたところ」

おしのが番頭に顔を向けると、

「金貸しの旦那が殺された晩と人足が殺された晩、いずれも旦那さまは出かけております。それに……」

番頭は風呂敷包みを前に置くと、それを解いた。中から血のついた羽織と匕首が出て来た。

「これは……」

驚いて尋ねた吉蔵に、

「庭の隅に埋めてあったものです。鶴の旦那が先日裏庭に穴を掘って埋めていたのをたまたま見ていたんです。その時は何を埋めているのだろうと思っていたのですが、おかみさまから話を聞いて、もしやと思って掘り出しましたら……」

番頭は手をついて、

「私たちが気付いたことを知ってか、鶴の旦那は出て行きました。母親のところではないかと……」

「吉蔵、金平に見張らせているんだ。まいるぞ」

平八郎の一声で、吉蔵も清五郎も立ち上がった。

十一

「おっかさん、何をしているんだ、早く！」

鶴太郎は背中に大きな荷物をしょって庭に出て来ると、まだ家の中にいるらしい母親のおれんに大声を上げた。

通りの物陰からは、金平が息を凝らして見張っている。おれんの家の小さな前庭にもまだ雪は積もっているし、金平が身を隠している塀の辺りにも、まだ融けきれずに雪が残っている。

金平は、ぶるっと身体を震わせた。薄着の上に足元も足袋が湿ってきて寒い。

鶴太郎は待ちきれなくて、また家の中に向かって叫ぶ。

「せっかく富田屋の主になったっていうのに、おっかさんのせいだよ」

「うるさいよ、お前がドジを踏むからじゃないか」

旅姿に三味線を抱えたおれんが出て来た。

すると鶴太郎が言い返す。

「冗談じゃないよ。金おくれ、銭おくれと毎度毎度私に言ったから、こんなことになったんじゃないか。早く！」

言い争いながらも追手の心配が声音にも表情にも表れている。二人は気が焦り、足をもつれさせながら通りに出て来た。

金平は迷っていた。見張りに立っていたものの、こうして駆け落ちしようとした時に、一人では心許ない。

だが、みすみす旅に出るのを見逃す訳にはいかないのだ。

金平は次の瞬間、決意も露《あら》わに二人の前に飛び出した。

「やい、逃がさねえぞ！」

「何、お前は……」

「吉蔵親分の一の子分だ！」

「なんだと、吉蔵だと……ゆるせん、殺してやる！」

目をつり上げて鶴太郎が叫ぶ。

「宇兵衛殺しに益之助殺し、全ておまえがやったと分かっているんだ。だからあっしがここで見張っていたという訳だ。やい、鶴太郎、神妙にお縄を頂戴しろ！」

金平は、吉蔵が知り合いに作らせ持たせてくれた物を、懐から取りだした。

「ふっふっ、なんだそれは……おもしろい！」

鶴太郎は道中差しを腰から引き抜いた。

刀を差すことは百姓町人には許されていない。だが旅をする時には護身用としての道中差しは認められているのである。

じりっと鶴太郎は金平にむかって足を運ぶ。

金平は青くなった。鶴太郎が道中差しを持っているのに気がつかなかったのだ。

「ふっ」

鶴太郎は冷笑を浮かべると、

「私は千葉道場で剣術を習っているんだ。おまえごときのちんぴら野郎に指一本触れられることなどないぞ」

じりっとまた金平に歩み寄る。

「ううっ」

金平は後ずさる。勢いよく鶴太郎の前に飛び出したものの、剣術の稽古をしていたと聞いて怯《ひる》んだ。

近頃では誰も彼も剣術を習っている。黒船がやって来るようになり、世の中には不安な空気が漂っていて、お上も町人が道場に通うことを黙認している。

金平も油断なく足を運ぶ。十手を預かる吉蔵の子分という身分が、後ろには引けぬと心の中で奮起を促しているのだ。

金平は鶴太郎に向かって言った。

「おまえは馬鹿な男だよ。富田屋の若旦那として真面目に暮らしていれば、こんなことにはならなかったのに、欲呆けのおっかさんのいうことを聞いて、大金を借り、家を建て、ついには人を殺した。だがそれまでだ。おまえの運は尽きたのだ」

するとと突然、鶴太郎が飛びかかって来た。

「うわっ」

かろうじて躱《かわ》したが、金平は足を取られて腰から落ちた。

その金平めがけて鶴太郎が刀を振り下ろそうと上段に上げた。

「ああっ」

金平が十手を突き出したその時、振り下ろそうとした鶴太郎の腕が、飛んで来た太い糸に巻き付かれ、ぐいっと引っ張られた。同時に音を立てて道中差しが地面に落ちた。

「吉蔵親分！」

金平が叫んで一方を見た。

「金平、大事ないか！」

吉蔵が、平八郎と清五郎と走って来た。

「金平、縄を掛けろ！」

平八郎が命じた。

　すると、それを見ていたおれんが走り出した。

　すぐに清五郎がおれんを追う。

　まもなく、鶴太郎もおれんも縄を掛けられて平八郎の前に膝を突かされた。

「ちくしょう……」

　鶴太郎は歯ぎしりして、吉蔵たちを睨み据えた。

「年貢の納め時だな」

　平八郎が言った。

「馬鹿な奴だ。馬鹿なことをして、みすみす富田屋の店を手放すとはな」

　清五郎が苦笑して鶴太郎の顔を見る。

「うるさい！　おまえたちに私の気持ちが分かってたまるものか。なにもかもおしのが悪いんだ！」

「おやおや、何をいうかとおもったら……」

　清五郎が笑うと、

「おしのは、私をいつも冷たい目で見ていたんだ。私に対する愛情は皆無だったんだ。おしのは、私より直次郎の方を好いていたんだ。それがわかってから、私は私は……」

鶴太郎は子供のように泣き出した。

雪は融けた。

空は晴れて陽気なひより日だ。

おはるが暮らす長屋の路地には、朝昇った太陽が暖かい日差しを降り注いでいた。

おはるの家には、長屋の女房たちが次々に手料理を運んでいる。清五郎と金平、それに佐世を連れてやって来た吉蔵は、

「ごめんよ」

おはるの家の中に入った。

「親分さん、このたびはありがとうございます」

家の中から元気なおはるの声が飛んできた。

「吉さん、みんな待っていたんですよ」

おきよが迎えて、吉蔵たちを部屋の中に上げた。

長屋の女房と亭主たち、又平、取揚婆の姿も見える。

「吉蔵さん！」

直次郎が奥で手招きしてくれている。

赤子は産着を着て、おはるの横ですやすやと眠っている。

「かわいいじゃねえか、良かったな、おはるさん。名前は決まったのかい」

吉蔵たちは赤子の顔を覗いて名前を聞いた。

「いろいろ考えているんです。近々決めないと……親分さんたちも知恵を貸して下さい」

おはるの顔は晴れ晴れとしている。

夫婦約束をした男がこの場所にいなくても、おはるの顔には強い決心が窺える。

おきよの話では、與之助と連絡はまだとれてはいないが、おはるは與之助をまだ信じているらしい。

――それもおはるの生き方だ。

吉蔵は思った。おはるは近隣の女たちよりしっかりしている。

「みなさん、ではお祝いしましょう」

おきよの一声でおはるの出産の祝いが始まった。

既に酩酊ぎみの取揚婆と又平の嬉しそうな顔を眺めながら、鶴太郎が小伝馬町の牢屋に送られたことを思い出した。

鶴太郎も母親も生きて娑婆に出て来ることは叶うまい。

富田屋のことも案じられるが、直次郎が付いていれば案ずることはあるまいと思われる。

「親分……」

金平が吉蔵の袖を引くと耳元に、

「おしのさんは直次郎さんを想っているってこと、鶴太郎が言っていやしたが、どうやら直次郎さんも以前からおしのさんを想っていたようですぜ」

吉蔵は笑みで応えた。

幸せになってほしいものだと、金平は直次郎に視線を投げる。

――雪は融けた……。

吉蔵も直次郎とおしのの幸せを願った。

第二話　馬駆ける

一

北町奉行所の表門を入ると、右手奥に厩舎《きゅうしゃ》がある。馬房《ばぼう》は五つ、つまり五頭の馬を飼っている。

飼育している馬は全て、与力《よりき》が出陣の折に乗る馬だ。

そして厩舎の隣には、馬係の小者が暮らしていて、常々ぬかりのないように馬の世話をしているのだ。

吉蔵《きちぞう》は北町奉行所を訪れた時には、この厩舎を覗《のぞ》き、一頭一頭の馬の様子を見ているのだった。

吉蔵にとって馬は兄弟も同然、馬のなめらかな肌に触れると、つい五年前まで暮らしていた甲斐《かい》の牧での日常が蘇《よみがえ》ってくる。

すると俄《にわか》に心の底に沈んでいた生気が、強く息づいて来るように思えるのだ。

別に今の暮らしに不満がある訳ではない。だが、二歳か三歳で母親と死別し、その後父親によって笛吹川支流の黒駒の牧に預けられた吉蔵を育んでくれたのは、故郷の牧なのだ。

吉蔵にとって、この北町奉行所の馬小屋は、なににも増して癒やしの場となっていて、立ち寄らずにはいられない。

また、馬の飼育を担当している小者たちも、吉蔵が顔を出すのを待っている。馬の飼育に詳しい吉蔵に、なにかと質問して助言をもらうと安心するようである。

今日も厩舎に顔を出すと、すぐに小者頭の世吉《よきち》が、

「新入りの松蔵《まつぞう》って奴が、飛鳥《あすか》に後ろ足で蹴《け》られて、腕の骨を折りやしてね、今治療中なんでさ」

苦い顔で吉蔵に打ち明けた。

飛鳥とは五頭のうちの一頭だが、一番警戒心の強い馬で、吉蔵も一度この馬の手綱をとってみたが、こちらの気持ちが通じるまで若干の時間が必要だった。

「馬の背後に不用意に回っては駄目だと教えてやったじゃねえか」

吉蔵は世吉に言った。

「そうなんですが、奴は生意気な男でね。あっしを馬鹿にして言うことを聞きやしねえ。吉蔵さん、奴が怪我を治して戻って来た時には、奴に吉蔵さんから強く言ってやってくれませんか。なぜかあいつは、吉蔵さんがここに来て話してくれたことについては覚えていて、あっしの師匠は吉さんだけだ、なんて生意気なことを言うんですよ」

世吉は不満たらたら、吉蔵に訴える。

「わかったわかった。その時には知らせてくれ」

吉蔵は笑ってそう告げると、人参《にんじん》を細長く切って持参した餌を手に、一頭ずつにその人参をあげながら、鼻を撫で、身体の艶を手で触って確かめていく。

「よしよし、いい子だ……」

馬も吉蔵を覚えているようで、小者たちが驚いたのは、吉蔵が馬の前に立つと、目を細めて、鼻を寄せてくることだった。

最後に吉蔵は、松蔵を後ろ足で蹴ったという飛鳥の馬房の前に立って話しかけた。

「飛鳥、お前、松蔵を蹴飛ばすなんて良くねえぞ。あいつに悪気はねえんだ」

吉蔵がそう言って人参をあげると、飛鳥は困った顔をしてみせる。

「みんなお前が好きなんだから……」

吉蔵は飛鳥に、もう一切れおまけに人参をあげて身体を撫でた。

飛鳥は人参をもっとくれと、地面を前足で掻いている。

「はっはっ、これでおしまいだ。また来るからな」

吉蔵はもう一度五頭の馬を愛おしそうに眺めてから、

「馬は蹄《ひづめ》が命、第二の心の臓といわれている。常々掃除を怠《おこた》らぬようにな」

吉蔵は小者たちにそう告げると、厩舎を後にした。


向かったのは与力番所、吉蔵は金子《かねこ》十兵衛《じゅうべえ》に呼ばれていたのだ。

この日ここには八人ほどの与力が詰めていた。

北町奉行所には与力二十五騎、つまり二十五人居る訳だが、それぞれが町奉行所の様々な職務の長となっているため、全員この部屋に居る訳ではない。

吉蔵を呼びつけた金子も、通常は吟味方の部屋に居ることが多いのだが、今日はこの番所に来るよう知らせを受けていた。

吉蔵が入り口に膝を突いて顔を覗かせると、金子は番所の与力と何やら話し込んでいた。だがすぐに、吉蔵に気付いて歩み寄って来た。

「ここではなんだから」

ちらりと部屋の奥に視線を投げて同輩の様子を見た。

部屋の中では、書物を読んでいる者、書き物をしている者、また火鉢の上の鉄瓶を取り、茶器に湯を注いでいる者など、思い思いの時間を過ごしている与力たちの姿があった。

金子は部屋から出て来ると、近くの空き部屋に吉蔵を連れて入った。

火の気のない部屋は、一歩入ると、ひんやりとして、一瞬のうちに気持ちも引き締まる。春の気配があるとはいえ、まだ二月のうちだ。

金子は部屋の真ん中に座すと、吉蔵にも座れと促し、

「ひとつ頼まれてくれんか。菱田《ひしだ》には、しばらく吉蔵を貸してくれるよう頼んである。了解も、もらっている」

そう言って吉蔵の顔を見た。

菱田とは、吉蔵が十手《じって》を預かっている同心菱田平八郎《へいはちろう》のことだ。

もともと吉蔵が北町奉行所の岡っ引になったのは、いま目の前に座す金子が、甲府勤番支配だった坂崎大和守《さかざきやまとのかみ》に吉蔵を譲ってくれなどと懇願したことが発端だ。

そして坂崎の許可を得て、吉蔵の気持ちも確かめたのち、吉蔵は平八郎から十

手を預かる身分となった。

吉蔵が今岡っ引として活躍しているのは、金子の意向があってのことで、同心の平八郎が否などと言う筈もない。

「なんでしょうか、頼み事とおっしゃるのは？」

吉蔵は、改まって金子に尋ねた。折り入っての頼みとあらば、何か余程の事情があるのだろうと推察できる。

「ふむ、人ひとり探し出してもらいたいのだ」

金子は難しい顔をして吉蔵の目に問うてきた。

「人探しですか」

「そうだ、わしは以前風烈廻りをやっておった。配下に同心の松田《まつだ》助三郎《すけさぶろう》という男がいたんだが、その助三郎には妻五郎《つまごろう》という岡っ引がいてな。これがめっぽう腕の立つ男で、助三郎はむろんのこと、わしも大いに助けられた。わしはその後吟味方になり、助三郎や妻五郎とは少し縁遠くなっていたのだが、半年前のことだ、助三郎が卒中で突然亡くなったのだ……」

松田家は助三郎のあとを倅《せがれ》が継いで、今は見習いとしてお勤めをしているが、倅は父親と同じように岡っ引の妻五郎を手下にして探索するような身分ではない。

妻五郎のその後を倅に訊いてみると、親父の助三郎が亡くなるのと時を同じくして、妻五郎も病に臥《ふ》せるようになったという。

しかもつい最近のことだが、余命いくばくもないと医者から言われているらしいと、倅は金子に告げたのだ。

「それだけではない……あんなに気丈だった妻五郎の親父さんが、医者から余命のことを告げられてから、錯乱状態になっているというのだ」

「錯乱状態ですか……」

吉蔵は問い返した。敏腕な岡っ引の姿とは思えなかった。

そうだと金子は頷《うなず》いてから、

「助三郎が生きていれば、妻五郎が病になったとなれば、なんらかの手当てもしてやったことだろうが、ひとあし先に亡くなっている。倅は見習いで妻五郎とは関わりが無くなっていて、父親と深い縁があったことは分かっていても、妻五郎の錯乱にどう対処してよいのか、まだ若くて頭が回らぬ。そこでわしは、我が家の下僕を見舞いにやったのだ。すると妻五郎は、死んでも死にきれない、おまちが生きているのを確かめないことには死ねないと、訴えたというのだ」

金子は困惑した目で吉蔵を見た。

「おまちというのは？」

吉蔵は問い返す。

「ああ、おまちは妻五郎の一人娘だ。女房を早くに亡くしているから、おまちは自分と血の繋がっている、たった一人の者だ」

「その娘さんが行き方知れずになっているという訳ですね」

「そうだ。妻五郎は行方の知れない娘を自分の足で探し出してやりたい。それもならぬ身体なのだと、さめざめと泣いたというのだ。見舞いにやって来た者が、わしの使いだと知って訴えたのだろうな」

このまま放ってもおけぬのだと金子は言う。

「金子様、いったい何故、娘さんは姿を消したんですかね」

吉蔵は訊く。

「それだが、何か手がかりがあれば探しようもあるのだが、妻五郎にも見当がつかぬらしい。娘が行き方知れずになったのは一年半前だ」

「一年半前……」

吉蔵は思わず呟《つぶや》いた。既に一年半も経っている話なのかと驚いたのだ。

手がかりがなく一年半も前のこととなると、消息を追いかけるのは至難の業《わざ》だ。

俄に胸が緊張してくるのを感じた。

「吉蔵、その娘のことだけではないのだ。娘に関わる第二の事件が起きているのだ」

金子は言った。

「と、申しますと……」

「娘は所帯を持っていたらしい。相手は妻五郎が手下として使っていた男で弥七《やしち》という者だ。わしも何度か弥七には会っている。妻五郎を良く助けて、機転を利かせて探索も昼夜問わずに走り回っていた。妻五郎が将来が楽しみだと褒めていたこともあった。妻五郎は五十路《いそじ》を越えた時に、自分のあとを弥七に託したいと考えたんだろうな。娘のおまちと娶《めあわ》せたようだ。その弥七が、女房……つまり失踪した妻五郎の娘を捜しはじめて半年ほど経った頃に、何者かに殺されたのだ」

金子は顔を顰《しか》めた。

「下手人は？」

間髪入れず吉蔵は尋ねる。

「分からん。その件も南町が探索してくれたようだが、結局、この江戸に流入してきている無宿人の仕業じゃないかと、首を傾《かし》げるような結果を妻五郎に告げたらしい」

「下手人が無宿人だったという証拠は?」

「無い」

「無いって……まさかそれで決着という訳では?」

「それだが、他の重大な事件があるとかで打ち切りになっている」

「打ち切りですか……」

吉蔵は頭を捻《ひね》った。

「まともに探索してくれたのかどうか、それも怪しい話なのだ。これはわしの想像だが、おそらく、弥七殺しの探索は手を付けてはみたが下手人の影さえ見えず、結局、他の事件にかこつけて打ち切りにした。そういうことだろうと思うがね」

吉蔵の胸が怒りで包まれていく。南町は、こわっぱの殺しなどに関わってはいられないということか。

「一度妻五郎にあって話を聞いてみてくれないか」

金子は最後にそう言って、吉蔵の顔を見た。

二

吉蔵は金子に会った後、その足で妻五郎の家に向かった。

妻五郎が暮らしているという平松町の長屋は、北町奉行所からさほどの距離ではない。

まもなく吉蔵は、平松町の呉服屋『京屋《きょうや》』の横手にある木戸を入って『喜多《きた》長屋』の前に立った。

古い長屋だった。この辺りは家康が開府以来、三河の国や上方から国造りに必要な職人や商人を引き連れてやって来て、町割りして定住させた場所だ。

喜多長屋もこれまでに何度か建て替えられてきたに違いないが、吉蔵が路地に入って眺めた長屋は、屋根や壁を見る限り、かなりの年数が経ったものだった。

路地の右手は割長屋、左手は棟割長屋になっていて、妻五郎の住処《すみか》は、木戸から一番近い割長屋だと金子から聞いていた。

「ごめんなさいまし」

吉蔵は、手前の割長屋の腰高障子の表に立って声を掛け、戸を開けて土間に入った。

すぐに苦しげな息づかいが聞こえてきた。板間の向こう、畳敷きの部屋に臥せる初老の男の姿が目に入った。

「吉蔵という者です。妻五郎さんでございやすね。あっしは金子十兵衛様から話をお聞きして参りやした者。北町の菱田平八郎様から十手を預かっておりやして……」

そう告げると、妻五郎は土色の顔をもたげて吉蔵を見た。

縋《すが》るような視線が吉蔵に向けられている。妻五郎は痩せこけた手でこちらに上がって来てくれと招いた。

吉蔵は頷くと、草履《ぞうり》を脱いで座敷に上がった。

枕元には近所の者が粥《かゆ》でも炊いてもってきたのか、蓋をした土鍋と皿に入った梅干しが盆に載せておいてある。だが、食した様子はなかった。

「そうかい、金子様が寄越してくれたのか」

妻五郎は吉蔵が訪ねてきた理由を察したようで、

「ありがてえ、すまねえな」

全身の力を振り絞るようにして半身を起こした。

「大丈夫ですかい。寝たままでいいんですぜ」

吉蔵はすぐに、近くに丸めてあった綿入れの袢纏《はんてん》を肩に掛けてやり、前に回って妻五郎に言った。

「具合はどうですか。食事も摂《と》っていないようだが……」

吉蔵はちらと枕元の土鍋に視線を投げる。どうみても、妻五郎の土気色の顔は余命を物語っているように思える。

「余命を突きつけられては食う気がしねえんだ」

妻五郎は苦笑して言った。

「妻五郎さん」

吉蔵は少し険しい顔を妻五郎に向けると、

「そんな弱気な言葉を吐いてちゃあ、娘さんが泣きますぜ」

ぴしりと言った。

妻五郎は若い岡っ引に、強い口調で諫《いさ》められて混乱したような表情をしてみせたが、まもなく、

「吉蔵さんと言ったたな。娘を探し出してくれるのかい」

吉蔵の顔をきっと見た。頬は痩せこけてはいるが、その目には俄に濡れたよう

な光が差してきている。

病は重いかもしれないが、妻五郎が命を長らえているのは、ひたすら娘に会いたいという、執念にも似た願望があるからだと思った。

「妻五郎さん、あっしは今日、金子様から妻五郎さんのこれまでの活躍を伺いやした。あっしはここに来るまでに、どんなお人だろうと心に描いて参りやした。あっしにとっちゃあ大先輩だ。ところがどうです……妻五郎さんは食事もとらず投げやりになっている。それで良いんですか……娘さんの元気な姿を見るんじゃなかったんですか……病の深刻さは、あっしも聞いておりやすが、金子様が、あっしをこちらに寄越したのは、妻五郎さんの意を汲んで、娘さんを探し出して会わせてやりたい……金子様のそういうお気持ちがあってのことだと思いやす。あっしの力で探し出せるかどうか約束は出来ませんが、うまく探し出すことが出来た時、妻五郎さんが食事も喉を通らないようでは、娘さんは嘆きますぜ」

妻五郎は吉蔵の言葉に素直に頷くと、

「もう娘のことは諦めていたんだ。それに体調も良くねえしよ。だが、おめえさんが娘を捜してくれるというのなら、少しずつでも食ってみる。このままじゃあ、まもなく立てなくなることは分かっているんだ」

情けねえ男だよと苦笑してみせた。

「で、娘さんが姿を消したその訳ですが、本当になんにも心当たりがないんですかい」

改めて吉蔵は妻五郎の顔を見た。

「それだが、なんにも心当たりはないねえ。これまでそう言ってきたんだが、こうして天井を眺めながら考えていて、ひとつ心にひっかかったのは、わしの下で探索を手伝ってくれていた弥七の気持ちも確かめず、無理矢理娘のおまちを嫁にしろと押しつけたことだ」

金子の口からは聞いていなかった意外な話を妻五郎は始めた。

「妻五郎さんは弥七さんに、自分の跡を継いでほしかった……」

「そうなんだが、弥七には他に好いた女がいたのかもしれねえ」

「なぜそのように思ったんです？」

「おまちが家に帰ってきたことがあったんだが、その時、なにげない会話の中で、おとっつぁん、あんまり弥七さんをこき使わないでよ。朝から夜遅くまで帰ってきやしないんだから。家に帰ってくるのが嫌なのかしらと思ってしまう。などと愚痴られたことがあったんだ。わしはその時こう言い聞かせた。おめえも岡っ引の娘だろうと。親父を見ていたからわかるだろうと」

「弥七さんは酒は……」

「わしと一緒の時、付き合い程度に飲むだけだ。何、おまちは気が強いからな。母親を早くに亡くして可哀想だと思っていたので、甘やかして育ててしまった」

「亭主の弥七さんとの事が原因で姿を隠したと……」

吉蔵は首を捻る。

自分は所帯を持ったことがないから分からないが、そんなことぐらいで家を出ていくものだろうかと思う。

妻五郎はそこまで話すと、大きくため息をついた。

「いや、今にして思うのは、娘を探し出したい、それだけが心残りじゃあねえんだ。あっしが弥七に、なんとか早くおまちを探し出せなどと命じたばっかりに、弥七は命を何者かに取られてしまって……」

「そちらも、なぜ殺されたのか見当もつかねえんで？」

「そうだ。ただ言えることは、わしが弥七に、あんな事を言わなければ、弥七は命をとられることはなかったのかもしれねえ。あっしが殺したようなもんだと……」

「しかしそれは考えすぎというものではないですか。弥七さんは義父の妻五郎さんに命じられなくても、おまちさんの消息を摑もうとしたに違いない」

吉蔵は言った。だが妻五郎は、

「いや、大いにわしには責任がある。弥七を殺したのはわしだ。わしは、娘もこの足で捜したいが、弥七を殺した下手人も捜し出して小伝馬町《こでんまちょう》にぶち込んでやりてえ」

妻五郎は興奮した口調で告げると、突然咳をし始めた。

「薬は……医者を呼びましょうか」

おろおろする吉蔵に、妻五郎は苦しげに咳き込みながら手を伸ばして来て、吉蔵の腕をがっと摑んだ。

「医者はいい。皆藪《やぶ》だ。薬は効かねえ」

鬼のような視線で吉蔵を見た。そして慌てて懐から手ぬぐいを取りだして口を塞いだが、その手ぬぐいには血がべっとりと付いている。

「妻五郎さん……」

驚いて背中を撫でる吉蔵に、

「娘を……弥七を……」

妻五郎は苦しげな息の下から訴えた。

堀江町の居酒屋『おふね』の店に、吉蔵と金平《きんぺい》、それに店の主である清五郎《せいごろう》が顔を合わせたのは、その夜のことだった。

三人は二階の小部屋で、おねねが運んで来たお茶一杯を前にして、吉蔵の話を一通り聞いたところだ。

「厄介な探索だな。手がかりは皆無と言っていい」

まず清五郎がそう呟いた。

「そうだよ。それに、今他の事件に関わってはいられねえ。吉蔵親分、材木問屋『吉野屋《よしのや》』の主の一件で、手一杯なんですぜ」

金平も不満を漏らす。

今三人は同心菱田平八郎の下で、吉野屋宗兵衛《そうべえ》の死因は、自死ではなく他殺ではないかということで調べ始めたところであった。

半年前、深川の材木商宗兵衛は、浅草寺の林の中で首をくって亡くなっていた。

南町奉行所は自死だと判断、遺族に伝えたと聞いているが、その後遺族から自死する原因が見付からない、これは他殺だ、北町に改めて調べてほしいと嘆願書が届けられたのだ。

一般に町奉行所が詮議の上決裁を下した事件については、再度の調べをすることは無い。

ただこの一件に関しては、探索はしていない。現場で自死と即決していて、詮議は行われていない。

そこで平八郎は上役から、

「黙って見過ごすこともできぬ。実はお奉行の因幡守《いなばのかみ》様とは浅からぬ縁があってな。すまないがひととおり調べてくれないかということだ。調べて原因が分からなくてもそれで遺族は納得するだろう。町方が探索した上でのことなら疑心も収まる。そうおっしゃっておられるとのこと」

そう告げられたのだ。

それを受けて平八郎が吉蔵たちに吉野屋の死因を探索するよう命じたのはつい先日のこと、まだ十日も経っていない話なのだ。

「確かに、まだ吉野屋の一件、なんの手も付けられていないも同然だ。そこにふってわいた探索依頼、だがこれは平八郎の旦那も了承済み、まして与力の金子様のご意向とあっては、否とは言えねえ。親父さんと金平に集まってもらう前に、あっしが念の為に平八郎の旦那にも会って来た。すると平八郎の旦那も、こう言ったのだ。とりあえず妻五郎の娘の探索に手を付けてほしい。吉野屋の一件は、そのあとだと」

吉蔵は、二人の顔を交互に見た。

「分かった。上の方がそういうことなら、それに従うしかねえな」

清五郎は組んでいた腕を解き、両膝に両手をつっかい棒のように置くと、

「それに、腕利きの岡っ引、妻五郎のことは聞いたことがある。わしは会ってはいねえが、仲間内では腕が良いと評判だったお人だ。その妻五郎が今そんなことになっているなんて信じられねえ。わしとさして歳はかわらねえ筈だ」

清五郎は吉蔵の顔に問う。吉蔵が頷くと、清五郎も頷いて、

「人ごとではねえ。わしはこうして娘のねねが女房のあとを継いで店をやってくれていて、それについちゃあ何の悩みもねえ。妻五郎はさぞかし寂しいことだろうよ。できるなら奴が生きているうちに望みを叶えてやりてえもんだ」

歳の頃も近いことで胸を痛めたらしい。

「親父さんにそう言ってもらえたら助かるよ。気が乗らねえと言われたら、あっ

し一人で探索してみようと思っていたところだ」

　吉蔵は苦笑した。

「馬鹿な、三人は一蓮托生《いちれんたくしょう》の仲じゃねえか。何をいまさら」

　苦笑いをする清五郎だ。

　すると金平も意を決した顔で言った。

「そうと決まったら……それにしても、吉野屋の一件といい、女房の探索を始めた亭主の弥七が殺されたことといい、いずれも南町じゃねえか。うやむやの決着で腑に落ちねえ。親父さん、親父さんは南町の連中とも馴染みがあるんだろ？」

「まあな。古い知り合いはいるにはいるが」

「親父さん、まずは妻五郎さんの娘のおまちさんが姿を消す前の行動を調べることと、おまちさんの行方を追っていた亭主の弥七殺しの調べ、この二面の探索を始めようと考えているんだ」

　吉蔵は二人の顔を交互に見た。清五郎が頷いたところで、

「弥七については、女房の消息を摑んでいたか、あるいはそれに繋がる何か重大なことを摑んでいたんじゃないかと考えているんだ。弥七はだから殺されたんじゃないかと……」

「おそらくな……」

清五郎も相槌を打った。

「そこで親父さん、親父さんは知り合いの南町の連中に、弥七殺しをなぜ、探索もせずにいい加減な決着で終わらせたのか。担当した同心の怠慢だったのか。それとも別の理由があったのか。それを聞き出してくれませんか」

吉蔵の言葉に清五郎は頷いて、

「吉さん、弥七はどこでどのような様子で殺されていたのか、それは分かっているのかね」

早速訊いてきた。

「それだが……」

吉蔵は妻五郎から、弥七は竪川《たてかわ》に架かる三ツ目橋あたりで殺されていたらしいと聞いている。

らしいと言うのは、妻五郎がその目で見た訳ではないからだ。

弥七が弟分として使っていた久松《ひさまつ》という若い男から、そのように報告を受けたのだと言っていた。

「弥七は胸をひと突きされていたようです。殺しは行きずりの物盗りの仕業だろうと片付けてしまったのは、弥七の懐から巾着が無くなっていたことで判断したようでして」

吉蔵がそう告げると、清五郎は鼻で笑って言った。

「腑に落ちねえ話だな。巾着が無くなっていたことだけで物盗りだって……そんな話が通るのか？」

「このあっしだって、そんな馬鹿げた決着は考えねえ。南町はどうなっているんだ」

金平も呆れ顔だ。

「当時の様子は、弥七が使っていた久松に会って訊くしかねえと考えているんです」

吉蔵は言った。

三

「いらっしゃいませ！」

吉蔵と金平が米沢町の蕎麦《そば》屋を覗くと、元気な声が掛かった。

ここは弥七の弟分だった久松の母親がやっている『一番』という店だ。

蕎麦はこの店が一番……そういう意味を込めた店の名に違いないと思ったが、一番の文字の下に、小さな文字で、ひりひり、と書いてあるのも謎めいて気に掛かった。

「何にいたしますか？」

吉蔵たちの顔を見るなり注文をとりに近づいたのは、中年の女だった。

襷《たすき》に前垂れ姿もきりりとしていて、店を覗いた者は逃がさないぞと言わんばかりだ。

「ざるを二つ」

吉蔵が告げると、

「あいよ！」

明るく答えて、帳場に向かって大声を上げた。

「ざる二つ！」

だが、ざる二つの注文だけではまだ満足はしていないのか、

「お客さん、美味しいお酒がありますよ。下《くだ》り物でね『福の神』っていうお酒なんです」

じっと吉蔵の顔を見る。

「福の神なんて、本当に下り物ですか……なんだかとってつけたような名前じゃねえですか」

金平が言った。すると女は、きっと睨んで、

「あたしが嘘をついているとでも……冗談じゃないよ。あのね、うちは表に書いてあるように、店の名は一番。このお江戸で一番美味しいって言ってる訳。実際お客さんもそう言ってくれていますよ。そんな店がですよ。お酒のことで嘘偽りを言ってごらんな。一挙にお客さんは離れていきますよ」

「分かった分かった、すまなかったな。こいつはまだ若い、若気の至りだ。許してやってくれねえか」

吉蔵が笑って右手で片手拝みをすると、

「まったく……気にいらないのなら出て行っておくれよ。他の店に行ってくれてもかまやしないんだから」

女の怒りは収まりそうもない。吉蔵は苦笑を送ると、

「いや実は、ここへはただ蕎麦を喰いにきたんじゃねえんだ。久松さんに話を聞きたくてね。あっしは黒駒の吉蔵という者だ」

「えっ」

女は吉蔵が名乗ると驚いて、

「あの、黒駒の凧《たこ》屋の……」

念を押す。

「そうだ、凧屋の吉蔵だ」

「あらまあ、最初からそう言って下されば……あたしは久松の母親でございますよ」

「おっかさん？」

そうじゃないかと思っていたが、初めて気付いた口ぶりで聞き返すと、

「はい、久松の母親でおなみと申します。吉蔵親分さんのことは、ずいぶん前から久松から聞いておりましたよ。北町にすごい親分さんがいるってね」

「そりゃあどうも」

「いえいえ、どういたしまして。親分さん、この店は亭主が残してくれましてね。いえ、本当のことを申しますと、亭主は私と倅を捨てて、素性の知れない女と駆け落ちしてしまったんですよ。それで私が板前の弟とやっておりましてね。久松をようやく育て上げ、ほっとしているところですが、久松は店は継がないなんて

我《わ》が儘《まま》をいいましてね。弥七親分さんに預かってもらっていたのに、その弥七親分さんが殺されてしまったでしょ。久松のことについては心配ばかり。苦労ばかりでございますよ。女手ひとつで倅を育てあげるんですからね、父《てて》なし子だと言って馬鹿にされやしないかと案じてね。それがいまだに続いていて、あたしは名前の通りの、人生波だらけのおなみという者でございまして……」

何時《いつ》止《や》むとも知れないおなみの話は続いていく。

「あの、それで、久松さんは？」

吉蔵は、おなみの話を打ち切るように尋ねた。

「ああ、久松ですね。それが今ね、おネギが足りなくなりましてね。買いに行ってもらっているんですよ。すぐに戻りますから、どうぞお蕎麦でも召し上がって、お待ちくださいませ」

一人でまくし立てていた先ほどの態度とはがらりと変わって、愛想の良い女将《おかみ》に早変わりだ。

「じゃあ待たせてもらうよ」

ようやく落ち着いて吉蔵たちは蕎麦を待った。

「お待たせしました」

おなみはまもなく蕎麦を運んで来た。

「ほう、美味そうだ」

吉蔵たちは箸を取った。

「うっ、ごほんごほん」

急いで蕎麦を口に入れた金平がむせて咳をする。

「どうした……」

と顔を上げた吉蔵も、咳き込んだ。

どうやら原因は今口の中に入れた蕎麦にあるようだ。

するとおなみが板場から出て来て、にこにこ笑うと、

「少し効きすぎましたか」

二人に尋ねる。

「何が入っているんだね」

吉蔵が尋ねると、

「七味を麵に少し掛けていて、それがぴりりと……」

「何……七味を掛けてくれなどと言わなかったが」

おなみを見上げると、

「表に書いてありますよ。気がつかなかったですか……店の名の一番の下に、ひりひりと……」

二人がむせているのが楽しそうに説明する。

「なんと、七味が掛かっているとは……頼んでいない筈だが……」

「すみませんねえ。ひりひりはいらないと言えば掛けなかったのに、何も言わない方には掛けてお出しするんです。親分さん、この七味、京の三年坂というところに店を出している七味ですの」

おなみは自慢げに言った。

もはや文句を言ってもずれた返事しか返ってきそうもない。

吉蔵と金平は苦笑し、七味の掛かっていないところを食べ始めた。

久松が帰って来たのは、まもなくのことだった。

席を小上がりに変えて、吉蔵は久松に話を聞くことになった。

「すみません、おっかさんがつまらぬことを言ったようですが」

向かい合って座ると、開口一番、久松は申し訳なさそうな顔でそう言った。

「いや、元気なおっかさんで楽しかったよ。久松さんは幸せだ。あっしなど」

と吉蔵は言って口をつぐんだ。幼い頃に母を亡くした吉蔵には、どのような母親であれ、母がいることの幸せを得ることは無い。

「幸せだなんて……」

久松は吉蔵の言葉を受けて苦笑してみせると、

「うるさい小言ばかりで嫌になりやすよ。弥七兄《あに》いにお世話になっていた時には、おっかさんも黙って見ていてくれたんですが、弥七兄いが殺されて、あっしがまたふらふらしていると。それでおっかさんは、店を手伝えなんて言ってくるのですが、店は叔父が継げばいいとあっしは思っているんです。あっしは蕎麦屋には向かねえ。別の道を歩みたいんです」

そこまで言ってから、はっと気付いて真顔になって、

「すみません。べらべら愚痴ばかりこぼしてしまって……で、吉蔵親分さんが、あっしに何を訊きたいとおっしゃるんで？」

膝を揃えて吉蔵の顔を見た。

「他でもない。弥七さんのことだ」

「弥七兄いの？」

「弥七さんは、女房のおまちさんの行方を探っていて殺されたんだね」

「そうです」

久松はきっぱりと言った。そして険しい顔になって、

「おまち姉さんの行方を追っていた最中のことでした」

「実は妻五郎さんから、おまちさんの行方を探索するよう頼まれているんだが」

「えっ、妻五郎の親父さんから？」

久松は驚いた様子だった。

「妻五郎さんの病が重く、余命いくばくもないと知った金子様のお口添えだ」

久松は頷くと、

「あっしは言葉を交わしたことはございませんが、金子様はご立派なお方だ。そうですか、金子様のお口添えがあって……」

「話を聞けば、この探索はおまちさん捜しだけではすまされねえ。亭主の弥七さんも探索していて殺されたということなら、そちらも何故殺されたのか調べなきゃならねえ。いったいおまちさんは何故姿を消したのか、また、おまちさんの行方を追っていた弥七さんはなぜ殺されたのか……久松さんには何か気がついたことがねえのだろうかと、それでここに寄せてもらったのだ」

「ありがてえ」

久松は膝を打つと、後ろに下がって両手をついた。

「どうか、どうか、宜《よろ》しくおねげえいたしやす。おまち姉さんを探し出し、また弥七兄いを殺した下手人を捕まえていただきてえ」

「久松さん、手をあげてくれ」

吉蔵は久松の腕に手を添えて、元の場所に座らせた。

「親分さん、あっし一人ではとても手をつけられねえ話だと思っていたんでさ。弥七兄いに代わって、おまち姉さんを探し出してやりてえ。また弥七兄いの敵《かたき》もとってやりてえ。そうは思っていてもあっしには無理だと。それで稼業にも気持ちが入らねえという日を、ずっと送ってまいりやした。なんでもあっしが知ってることは話しやす。それだけじゃねえ、吉蔵の親分さん、どうかあっしにも手伝わせて下さいやし」

久松の顔は必死だ。

「分かった」

吉蔵は言った。

「ありがとうございやす」

久松は礼を述べると、何から話しましょうかと吉蔵に問うた。

「まずは夫婦仲だ。うまくいっていたのだろうか」

「いや、あっしが見た限り、おまち姉さんが一方的にやきもきしていたようでした」

「そうか、妻五郎さんの話では、二人を無理矢理夫婦にしたが、弥七には好いた女がいたかもしれねえ。そんなことを言っていたが……」

「それは知りません。弥七兄いが他の女の話をしたことはありやせんから。ですが、出職の職人のように、決まった時間に帰って来る訳じゃねえ。それをおまち姉さんは、外に女がいるんじゃないかと疑って、あっしにも訊いてきたことがありやしたよ」

久松は、当時のことを思いだしたのか困惑した顔を見せた。

むろん久松は、そんなことはない、弥七兄いは探索で忙しいと答えたらしいが、その言葉も、口裏を合わせているんじゃないかとおまちは疑っていたというのである。

それも一度や二度ではない。弥七は何度も問い詰められて困り果て、おまちを叱ったことがあったようだ。

「亭主を信用できねえのか。この仕事はお前の親父さんから引き継いでやっているんじゃねえか。あの親父さんの娘なら岡っ引の仕事がどういうものか承知の筈だ」

弥七がそう言って叱り、やりあっているのを、たまたま二人が暮らしていた長屋を訪ねた時、久松は長屋の外で、耳にしたのだと言う。

「久松、せめてお茶でも……」

そこにおなみが、お茶と大福餅を運んで来た。

「おっかさん、今は大事な話をしているんだから」

構わないでくれと久松は面倒臭そうな顔をしたが、

「いやいや、いただきます」

吉蔵が頭を下げると、おなみは嬉しそうな顔をして板場に引き返して行った。

一人息子の久松が、案じられて仕方がない様子だった。すると、

「あんな言い方をしちゃ、おっかさんが可哀想だよ。あっしの母親は仕立て物をしているんだが、おまえさんのような口を母親に利いたことはねえぜ。久松さん、おめえは母親のありがたみが分かっていねえのか」

なんと金平が小言を言ったのだ。

「いいんだよ、あれぐらい言わないと、うるさくて……」

四

なんだかんだと金平と久松が言い合うのを聞きながら、吉蔵も二人と一緒に大福餅を食べ、お茶を飲んだ。

一息ついたところで、久松は先ほどの続きを話した。

「おまち姉さんはその後、両国の『竹乃屋《たけのや》』という料理屋に勤め始めたんでさ。仲居をしているということでした」

おまちが仲居をするようになってから、弥七は探索も無く日の高い内に長屋に帰った時などは、自分で夕食を作るようになっていた。

弥七は女房に頭があがらないところがあった。おまちは世話になった親分の娘だったからだ。

だが弥七は、ひとことも久松に不満を述べるようなことはなかった。

二人の関係を案じたのは久松だった。

ある日のことだ。久松は弥七の気持ちを伝えてやりたくて、竹乃屋から出て来たおまちに、弥七が台所に立っている話を伝えると、おまちは明るく笑って、

「たまにでしょ。毎日のことじゃないから。あのね、私が外で働くことは、弥七さんだって納得してくれているんですよ。私が家にいて愚痴ってばかりいるより、楽しそうにしていてくれる方がいいって言ってくれてるのよ。だって、私も人と接していると寂しいのを忘れて楽しい気分になるんだもの。それに、給金もいただけますから……」

家計の助けにもなっているのだと、おまちは胸を張って久松に言ったのだった。

ところが、

「一年半前のことです。突然いなくなったんでさ」

久松は言った。

「何があったのだ？」

「分かりやせん。思いつきやせん」

久松は、吉蔵の問いにそう答えた。

「それで亭主の弥七さんが調べ始めたんだな、おまちさんの消息を……」

「そうです。最初は妻五郎の親父さんのところに行っているんじゃねえかって思っていたらしいんです。ところが、三日経っても四日経っても帰ってきやしない。そこで親父さんのところに行ってみると来てねえってことになって……」

妻五郎は弥七を責めたらしい。そして、探し出せと命じたようだ。

むろん弥七も、行き方知れずになったと知ったら放っておける筈もない。

直ぐに仲居をしていた竹乃屋を訪ねて訊いてみると、おまちは三月三日までは勤めているが、次の日から出て来ていないという。

一度住まいを訪ねて、今後も働いてくれるのか辞めるのか訊かなくてはなるまいと、店の主は思っていたようだ。

「久松さん、弥七さんは、いったいどこまで調べ上げていたんだね」

吉蔵は訊く。

だが久松は、首を横に振って、

「あっしは何も聞いていやせん。おまち姉さんの行方を捜すのを手伝わせてほしいと言ったんですが、これは夫婦のことだ。久松にまで手間を掛けさせちゃあ申し訳ねえ、なんて言って、弥七兄いは一人で調べていたんです」

吉蔵は頷いた。

「すると久松さんは、弥七さんが殺されたことについちゃあ、見当もつかねえってことだね」

それまでじっと聞いていた金平が言った。

「今思えば、弥七兄いにお前の手は借りぬといわれても、なぜ手伝わなかったのかと悔いておりやす。手伝っていれば、なんらかの手がかりを摑んでいたかもしれねえのに」

久松は口惜しそうな顔をしたが、

「ひとつだけ手がかりが……」

そう言って立ち上がると、板場の奥にある居間に入って行った。そして紙に包んだ物を手に戻ってくると、吉蔵の前に置いた。

「弥七兄いが殺された時、あっしは駆けつけましたがその時に、兄いの懐にこれが……」

吉蔵は紙を広げた。

「かんざしじゃねえか」

吉蔵は驚いて取り上げた。

銀細工の平打ちのかんざしで、蝶が羽を広げた模様が彫ってある。

「これは……おまちさんの物？」

久松に訊くと、

「おまち姉さんの物じゃござんせん。しかし、これが弥七兄い殺しの調べの役に立つんじゃねえかと思って、南町の役人には渡さなかったんでさ」

　どうやら久松は、南町のどの役人かは知らないが、信用していなかったようだ。

「弥七さんの死を検証した南町のお役人の名は？」

「雪見《ゆきみ》馬之助《うまのすけ》という同心です」

「雪見馬之助……」

　吉蔵は聞き返す。

「へい、金でどうにでも動く人間だという噂のある御仁で。いえ、それもあとから分かったのですが、兄いの死に関しても、まるで犬猫でもあつかうような雑なもので、信用できなかったものですから、このかんざしは見せませんでした。案の定、兄いを殺したのは行きずりの物盗りの者だなどと、遺体を目の前にして即断を下しやして、腸《はらわた》が煮えくり返る思いをいたしやした」

「分かった」

　吉蔵は頷くと、

「どうだろう。これから弥七さんが殺されていた現場に、案内してもらえないか」

　久松に言った。

かった。

すぐに吉蔵と金平は、久松の案内で、弥七が遺体で発見されたという現場に向かった。

三人は両国橋を渡ると南に下り、竪川の北側の道を東に向かって、一ツ目橋、二ツ目橋と通り過ぎ、そして三ツ目橋の北袂で先を行く久松が立ち止まった。

橋がかかっている花町には番屋がある。久松はちらりとその番屋の方に視線を投げてから、河岸地に下りて行く。吉蔵と金平もあとに続いた。

この竪川に架かっている橋は、長さが十間、幅は三間の木の橋だ。久松はその橋の一番岸に近い橋脚の近くで立ち止まると、その手前を指して言った。

「殺されていたのはその辺りです。弥七兄いの身体は俯《うつぶ》せになっていやした。胸をひと突き、心の臓をやられていやした」

久松の顔は怒りと悲しみで歪んでいる。

弥七の遺体は、竪川を船に薪を積んで通りかかった船頭によって発見され、花町の番屋に届けられたのだという。

番屋はさほど遠い場所にある訳ではないが、弥七が殺されるところを実見した者もいないらしかった。

「お安い御用です」

弥七は懐に十手を呑んでいたことから岡っ引だと分かり、久松のところに引き取るよう連絡が来た。

久松が慌てて番屋に出向くと、そこに雪見馬之助と雪見が使っている岡っ引の円蔵《えんぞう》という頭がつるはげの男がいて、

「弥七の手下だな。弥七は行きずりの者に殺《や》られたようだ。手厚く葬ってやれ」

あっさりとそう言ったのだ。

「雪見様、弥七兄いを殺した下手人は探索しないんですか」

久松は喰ってかかった。だが、

「良く見てみろ……巾着が無くなっているぞ。近頃はこの御府内に流入してくる浪人者や無宿者が日ごとに増えている。その対策に奉行所が手をとられていることは、下っ引のおまえも知っているだろう。弥七は岡っ引でお上の御用をしている男だ。浪人者や無宿者にすれば、目障りな筈。下手人はそういう輩《やから》に違いない。そのような者を特定して捕まえるなんて出来る訳がない。もうとっくに、江戸を出ているよ」

雪見はそう言ったのだ。

なんとも無茶苦茶な理由づけだと、久松は不満が胸一杯に膨らんだが、

――こんな人間に言っても無駄だ。

そう考えて弥七を連れて帰ってきたのだと言う。

吉蔵の顔が、俄に怒りで赤くなっている。

「かんざしは、長屋に連れて帰って、長屋の者たちと身体を綺麗に拭いてやろうと着物を脱がせた時に、見付けたんでさ」

吉蔵は頷くと、辺りを見渡した。

――弥七がここで殺されたということは……。

この辺りを弥七は探っていたということではないのか。

その時だった。時の鐘が鳴り始めた。

本所の時の鐘は、吉蔵たちが今居る場所から、もう少し東に行ったところの北辻橋から北に延びる横川沿いにある。

――今少し視点を変えて、おまちの近辺を探れば……。

弥七がこの辺りを探索していた理由が分かるかもしれない。しかし、どれほどの時間と労力を必要とするのだろうか。

吉蔵たちは、二月のどんよりとした空を三ツ目橋袂からあおぎながら、先の読めない暗澹《あんたん》たる思いで時の鐘の音を聞いていた。

その頃清五郎は、諏訪町の河岸地に立っていた。その手には酒とっくりがぶら下がっている。

先年よりこの河岸地の一画に釣り場が出来て、暇を持て余した武士や町人たちに人気だというのだが、その釣り場に清五郎が懇意にしていた南町の岡っ引で、源治《げんじ》という男がいる筈だと聞いてやって来たのだった。

――ああ、あそこにいる……。

清五郎は、何人か釣り糸を垂れている中に、首に赤い襟巻きを巻き付けた老人を見付けて、思わず苦笑した。

その襟巻きは、源治が還暦を迎えた時に、娘のおねねに言いつけて小間物屋で紬《つむぎ》の襟巻きを求めさせ、祝いの品として手渡した物だった。

「厄除けですぜ。赤はあらゆる厄を払い退けてくれるらしい」

そう言って清五郎が手渡すと、源治は恥ずかしげな顔で、

「ありがとよ。これで鬼に金棒だ。どんな厄介な事件も、北町の連中には負けねえぜ」

源治はそんな冗談を言って笑っていた。

岡っ引の仲間うちでは、北の清五郎、南の源治と若い連中から敬われていたものだ。

それが、清五郎は女房が亡くなったことで隠居し、このたびは源治も昨年御用から退いたらしいと知った。

今日源治の家を訪ねた時、女房から知らされたのだった。

「源さん……」

源治の痩せた背中に声を掛けると、源治は振り返り、

「なんだ清さんか。久しぶりじゃねえか」

懐かしそうな顔を見せた。

「源さん、御用から退いたらしいな」

清五郎は源治の横手に腰を落とすと、源治が垂れている糸の先を眺めた。

「もう歳だよ。おまえさんだって、とっくに隠居したじゃねえか」

源治も、水面に浮いたり沈んだりしている浮きを眺めながら応じる。

「で、今日はなんだ……ここで酒を飲もうってか」

源治はまんざらでもない顔で、ちらと清五郎を見た。

「まずは酒を飲みながら話すよ」

　清五郎は源治のびくを覗いて、一匹も釣れていないのを見て、にやりと笑い、懐に入れてきた大きな盃《さかずき》を出し、源治と自分のそれに、なみなみと注いだ。

「源さん、さあ……」

　源治の腕を叩いた。

「ああ、もう止めた止めた」

　源治も竿を水面に預けたまま、清五郎と酒を飲み始める。

「清さん、おめえさんは近頃、黒駒の吉蔵とかいう若い男を手伝っているんだって？」

　源治が訊いてきた。

「そうなんだ、頼まれてね。一人前にしてやって欲しいなんて言われて始めたんだが、何、わしが手を貸さなくても立派にやっているよ。滅法頭の切れる男でな。甲州の牧にいた男で馬にも乗れる。わしは今は、吉蔵親分の手下の一人だ」

「へえ、そうかい。頼もしい話だな。北町はいい人材を掌中に置く。それに比べて南町は駄目だな。岡っ引はむろんのことだが、同心にも与力にも腐った奴がいて、そいつらが奉行所を席巻している。まともな裁定が出来なくなっている。面白くねえよ」

源治は愚痴った。

「そうか、源さんはそれで辞めたのか……」

清五郎は源治の顔を見た。

川風が二人の頰を撫でていて、源治の顔には髷《まげ》から乱れ落ちてきた白髪交じりの髪が垂れ下がって揺れている。

「まっ、そういうことだな」

源治は苦い顔で笑った。

二人はまた、とっくりの酒を注ぎ合って飲んだ。飲みながら川風に揺れる釣り糸や、その先の浮きの様子を眺め、久しぶりに誰にも邪魔されない、ゆったりとした時間が、ここには流れていることを清五郎は知った。

「清さん、話があって来たんだろ……南町の話か？」

話を向けてくれたのは源治だった。

「そうなんだ。実はおめえさんも知っている妻五郎の娘が行き方知れずになっているんだが、その娘の亭主だった弥七という岡っ引が、探索を始めて半年経ったところで殺されたんだ。ところが南の雪見とかいう同心は、調べもしねえうちに、これは行きずりの物盗りによる犯行だと決めつけて、事件の真相を探ろうとはしなかったらしいんだ。それで、その雪見という男は、どういう人間なのか知りたくてな」

清五郎は手短に事の次第を説明した。

源治の反応は早かった。

「そいつだよ、南町の悪人は……」

怒りの混じった声で言った。

「腐った奴とさっきも言ったが、そやつ一味のことだ。雪見馬之助の背後には与力の野呂富之助《のろとみのすけ》という男がいて、雪見は野呂の手下だ。野呂はさる旗本から養子に入って与力になった者で、皆遠慮があって、それで奴らはやりたい放題なんだ」

清五郎は頷いて、

「ということは、弥七の死は、行きずりの者の犯行だと雪見が断ずれば、それに異を唱える者はいないという訳だな」

源治に念を押すと、

「そういうことだ」

「ただ……」

源治は首を傾げたのち、

「いくらなんでも乱暴な……怪しいな。弥七の死を、そういうふうに決着つけなきゃならねえ、自分たちに不都合なことがあったのかもしれねえな。清さん、弥七殺しの探索は骨が折れるぞ」

五

「すごいな。そうか、これが黒駒という馬の凧ですか。いいな、これ、全身黒の馬が風を切って走っている」

吉蔵に付いてきた久松は、黒駒屋の店に入るなり、ずらりと並べてある黒駒の凧に驚嘆して声を上げた。

「気にいってくれたかい」

吉蔵が笑って少年のように興奮している久松の顔を見た。

「はい、あっしもひとつ頂いて帰りやす。店に飾ると、みんな喜ぶと思いますよ」

早速凧を手に取って、まじまじと眺めながら、

「実は近頃両国辺りでも、この黒駒の爪を見かけることがあって、黒駒は吉蔵という親分さんがこしらえているんだって聞いていました。空に上がった時、この黒い馬が目立つんですよ。どの爪よりも力強いし……いやあ感激だ。吉蔵親分さん、これ幾らですか？」

久松は爪を手に巾着を取りだしたが、

「いいよ、気にいったのなら使ってくれ」

吉蔵はその手を留める。

「でも」

「今日一番の店で、おっかさんに蕎麦をご馳走になったんだ。お返しだ」

「そうだよ、ひりひりした蕎麦をいただいたんだ、忘れないよ」

側にいた金平がちゃかした。

「金平さん、嫌みかい」

久松が頬を膨らませるが、

「いいや、珍しい蕎麦をいただいたんだ。だから親分は爪の代金はいいって言っているんだよ」

金平に笑われて、久松は巾着を懐にしまった。

するとそこに、おきよが出て来て、

「おかえりなさい。なんですか、そのひりひりのお蕎麦というのは？」

早速尋ねて来た。

「それがさ、蕎麦の上に七味が掛かっているんだよ。あっしも親分もそれに気がつかなくてさ、一口食べた時にむせてしまったんだ」

金平が説明する。

「まあ……でも美味しそうじゃない」

おきよは、まんざらでもない顔だ。

「じゃあ、おきよさんも両国に出た時に食べたらいいよ。店の名は一番、この久松さんのおっかさんがやっている店なんだ」

久松は困り顔だ。金平が親切心で言ってくれているのではなくて、半ばちゃかしているのを知っているからだ。

だがおきよは真に受けて、

「ええ、きっと寄せていただきます」

にっこり久松に笑みを送ると、

「吉さん、お茶にしますか、お酒にしましょうか」

吉蔵に訊く。

「親父さんも来ることになっているんだが、探索の話だからお茶でいい」

分かりましたと、おきよが台所の方に向かったその時、清五郎がやって来た。

まもなく黒駒屋の居間では、吉蔵、金平、清五郎、そして久松の四人がお茶を前にして向かい合って座った。

吉蔵はまず久松を清五郎に紹介した。

そして久松から当時の弥七おまち夫婦の様子を聞いた上で、弥七が殺されていた現場にも足を向けたことを、清五郎に話した。

「弥七の死をろくに調べもしなかった同心が雪見という男だったと言ったな。間違いねえんだな」

険しい顔で清五郎は言った。

「間違いありやせん」

久松が強い口調で返すと、

「どこまで悪党なんだ」

清五郎は、吐き捨てる。

「吉さん、奴はわれわれが調べていた深川の材木問屋、吉野屋が潰れた一件、あれでも妙な動きをした疑いがあることがわかったんだ」

その話は、今日南町の岡っ引を引退したばかりの源治に清五郎は訊いている。

「吉野屋の件に雪見の旦那が関わっているんですか」

吉蔵は驚いた。

「そうだ。吉野屋宗兵衛が浅草寺の林の中で首をくくって亡くなっていた件について、即刻自死だと決めつけたのは雪見馬之助だったそうだ。当然その背後で与力の野呂富之助が指図をしていたんではないかと源治は言っていた。源治もある事件で、雪見に手を突っ込まれて腹に据えかねた事があったらしく、今南町は雪見と野呂の横暴ぶりに混乱しているらしい。そのうちにお奉行もなんらかの手を打ってくれるだろうと待っているんだが、野呂の実家が旗本だというので、手をこまねいているらしい」

「冗談じゃねえや。それではこのお江戸の治安を預かる資格はねえ」

金平は言った。その時だった。店の表の戸が開く音が聞こえたと思ったら、

「吉さん、帰っているのね。良かった」

佐世が紙の包みを抱えて入って来た。

「おきよさん、お茶を淹れてください。焼き芋買ってきたんです」

台所の方に声を張り上げると、四人が座っている真ん中に、その包みを置いた。

「どうぞ、ここに来る途中で買ってきたんです。石で焼いた芋です。熱いうちに食べてください」

とは言ったものの、佐世は四人の難しげな顔に気付いて、

「すみません。お邪魔かしら」

決まり悪そうな顔をしてみせる。

「いやいや、いただこう。酒は飲んできたが、腹は空いている」

清五郎の言葉に助けられて、佐世は嬉しそうな顔で立ち上がると、すぐにおきよが盆に載せてきた急須を取って、空になった湯飲み茶碗にお茶を注いだ。

「まあ、あつあつで美味しそうじゃありませんか」

おきよも芋が好きだ。

「どうぞ、おきよさんも召し上がって。わたくしもいただきます」

吉蔵たちも、それぞれ芋を取り上げて口に入れた。

「甘い」

久松が思わず呟く。

「そうでしょ。ここの焼き芋美味しいんですよ。なんでも、お芋を焼いているの

が、つい昨年まで深川の材木問屋の手代だった人なんですけどね。お店が潰れて路頭に迷い、焼き芋屋を始めたんですって」

吉蔵は口に運んでいた手を止めた。

「佐世さん、その材木屋だが、なんという店の名か知らないか」

「さあ……お店の旦那様が亡くなられて、それでお店は立ちゆかなくなったって言っていたけど……」

佐世は少し考えてから、

「そうだ、確か、吉野屋さんと言ったかしら」

「吉野屋だって？」

吉蔵はぎょっとした目で聞き返した。

清五郎も金平も、久松も驚いた顔で顔を見合わせた。

翌日吉蔵は久松と一緒に、おまちが仲居をしていたという両国橋東にある元町の竹乃屋という料理屋に向かった。

竹乃屋は竪川に面した料理屋だった。隣接する料理屋や小料理屋に比べると老舗のようで、建物の外観を見てもひときわ格式を重んじていることが感じられた。

店の表を掃いたり拭いたりしている小女《こおんな》を見ても、黄色地の鮫小紋の着物に黒《くろ》繻子《じゅす》の帯、赤い襷に、濃い空色の前垂れと統一されていて、それがいっそうきびきびとした動きに見せる。

何事にも拘った一流の店だと、いちいち物言わぬとも、訪れた客や通りすがりの者たちに誇示しているように思えた。

料理屋はこの時間は、昼の客、夜の客の仕込みで忙しい。暖簾《のれん》をくぐって店の玄関に入ると、店の中で忙しそうにお客を迎える準備をしていた仲居たちが、いっせいに吉蔵たちを見た。

ここは高級な店だ。お武家や豪商がやって来る店で、吉蔵たちのように、しょぼくれた着物を尻端折《しりはしょ》りしたような人間が来る店ではない。

「何か……」

年嵩《としかさ》の仲居がすぐに出て来て、吉蔵に尋ねた。

「忙しい時刻にすまねえが、ちょいと訊きてえことがあって寄せてもらった。あっしは、北町の御用聞きで吉蔵という者だ」

吉蔵は懐に呑んでいる十手の一部をちらりと見せた。

「これは、親分さんでございましたか」

仲居は改まった顔で頭を下げて、

「どのような事でいらしたのでしょうか？」

怪訝《けげん》な目で吉蔵を見た。

「一年半前、ここで仲居をしていたおまちという人のことを訊きたくてね」

「ああ、おまちさん。お節句のお客さんで忙しい時に無断で休んで、どうしたのかしらって言っていたら、行き方知れずになったってことが分かって、みんな驚いたものでしたよ」

「節句で忙しいというと、三月三日のことかい」

「そうです。お節句には、特別に御神酒《おみき》や紅白のお餅などもお出ししてお祝いをいたします。人気があってお座敷も満杯になりますから、幾らでも人の手が欲しい時なんです。そんな時に無断で休んだものですから、事情の知らない仲居たちから文句がでましてね。それで、おまちさんと仲の良かったおあきさんて人が、おまちさんが住んでる長屋に行ったんですよ。そしたら旦那さんが驚いて……旦那さんは実家に帰ったのかと思っていたらしくて」

吉蔵は頷く。これまでに聞いた話と符合している。

「そうそう、旦那さんは南の親分さんだったらしくてね、その後、ここに話を聞きに来ていましたよ。だからおかみさんと何があったんだろうってね、言ってたんですが」

「行方をくらませなきゃならないような何かがこの店であった訳ではねえと……」

吉蔵の疑問に、仲居は苦笑して、

「まさかとは思いますが……お節句の前日、三月二日のことですが、おまちさん、お客さんの部屋を間違えてお料理をお運びしてしまって、おかみさんに叱られたんですよ。でも、おかみさんに注意を受けたり叱られたりするのは、なにもおまちさんだけではありませんからね。それで、店を辞めるとは思えませんが……」

おまちへの不審を露わにした。

「しかし、部屋を間違えたぐらいで、女将から叱られるとは……」

吉蔵にはむしろその事がひっかかった。

「離れの特別な部屋ですから。その日のお客さんから、合図をするまで、けっして部屋には近づかないように言われていたんだと思いますよ」

妙な話だなと、吉蔵は久松と顔を見合わせた。久松の顔にも不審の色が差している。

「その部屋を見せてもらえませんか」

吉蔵は言った。

仲居は困惑しながらも、女将におうかがいをたててきますと奥の部屋に向かったが、すぐに引き返して来て、

「では……」

こちらですと吉蔵たちを上にあげ、廊下を渡り、その離れの部屋に案内してくれた。

「こちらです」

仲居が障子を開けると、青畳の部屋が目に入った。中に入ると奥にもうひと部屋あって、その部屋の窓を開けると、竪川の風景が目に飛び込んで来る。

「こういう部屋は、三部屋ありまして、おまちさんは、隣の部屋に運ぶお料理を、こちらの部屋だと思って運んだらしいんです。お客さんにもきつく叱られましてね」

吉蔵は仲居の話を聞きながら、部屋を見渡した。

廊下に近い手前の部屋の床の間には、白い侘助《わびすけ》の花が活けてあり、獅子《しし》の形をした香炉が飾られている。

そして奥の竪川を眺められる部屋には、男と女がむつみ合う絵を配した枕屏風が置いてある。

――この部屋は、食事を楽しむだけの部屋ではないな……。

口では言い表せぬ、なまめかしい雰囲気のある部屋だと思った。

「当日この部屋を誰が利用していたのかね」

吉蔵は、部屋を見渡しながら訊いた。

「私は覚えていません。おあきさんなら覚えているかと思いますが、もう辞めていて」

「おあきさんか……所は？」

「品川の小料理屋の娘さんで、こちらには修業がてら勤めていた人です。おあきさんは今は家業を継いでいる筈です」

「品川か……店の名は？」

「ちょっと待ってください」

仲居は今度は帳場に走った。

吉蔵と久松が玄関に移動して待っていると、

「小料理屋の名は『泉州屋《せんしゅうや》』だそうです」

と仲居は言った。

六

「親分、品川のこの賑やかさ、びっくりですよ、ほんと。宿場なんですからね、ここは」

金平は、街道の両脇に櫛比《しっぴ》している様々な店に、せわしなく視線を投げながら言った。

もはや探索にやって来たことを忘れてしまっているようだ。

確かに品川の宿は、規模や賑やかさにおいては、どの街道筋の宿場町と比べても群を抜いている。日本一だ。

吉蔵が調べたところによると、品川三宿（品川歩行新宿《かちしんしゅく》、北本宿、南本宿）には、店が千五、六百軒も並んでいるし、旅籠《はたご》は本陣が一軒、脇本陣が二軒、その他の旅籠は千軒近くある。

また千軒近くにのぼる旅籠には、飯盛り女が五百人もいて、江戸の吉原を北里《ほくり》と呼ぶが、この品川は南里《なんり》と呼ばれていて、それは大げさでもなんでもなく宿場の規模の大きさは確かなことだ。

更に、三味線指南の名目で、芸者衆を置くことも幕府は認めていて、その数たるや摑めないのではないかと思われる。

ただ吉蔵たちがやって来たのは、遊びや女郎買いのためではない。

二人は、江戸の料理屋竹乃屋で働いていた、泉州屋のおあきを訪ねてやって来たのだ。

先日竹乃屋の仲居に聞いたところによると、泉州屋は品川に架かる中橋の袂だということだった。

宿場の名にもなっている品川というその川は、北本宿と南本宿の間に流れていて、泉州屋は貫目改所《かんめあらためしょ》や問屋場のある南本宿側にあるということだった。

「あった、あそこだ」

金平は、品川に架かる中橋を渡り始めてすぐに、橋の南袂にある二階屋の小料理屋を指した。

見たところ泉州屋は小体《こてい》な店だった。だが、白木の格子の玄関に、青竹が植わっている風情など高級な感じを醸《かも》し出している。

「ごめん」

吉蔵は玄関に入ると出て来た女中に、おあきさんに会いたいのだと告げた。するとまもなく、二十代半ばの女が出て来た。

丸顔のやわらかい雰囲気を持った女で、怪訝な顔で吉蔵たちに、「おあきですが……」と名を名乗った。

吉蔵は十手持ちの吉蔵だと明かし、竹乃屋で働いていたおまちのことで話を聞かせてほしいのだと用向きを告げた。

「おまちさん、まだ見付かっていないんですか」

おあきの顔が曇った。そして、一年前にもその話で、おまちの亭主がここにやって来たのだがと案じ顔になった。

「そうか、弥七さんもここに来ていたのか。おあきさん、その弥七さんだが、そののち何者かに殺されやしてね」

「殺された……恐ろしいこと」

おあきの顔は青くなる。

「それに加えて、おまちさんの父親が余命を切られていて、娘に会いたがっておりやしてね」

吉蔵はおまち捜しを頼まれて、先日は竹乃屋の仲居からいろいろ聞き出したことも含め、おあきに話した。

「ただ、分からないことばかりで、あの特別な部屋を、あの日利用していたのは誰だったのか。なぜおまちさんは、膳を運ぶ部屋を間違えたぐらいで、女将ばかりかお客にまで強く叱られたのか。行き方知れずになったのは、それが原因だったのか……おあきさんが何か知っていることがあるかもしれねえと、やって来たんですが」

おあきは頷くと、二人を座敷に上げた。

すぐに女中が茶菓子を運んできてくれて、吉蔵と金平は渇いた喉を潤した。

「おっかさんが昨年亡くなりましてね。私は今、女将をやっていて、竹乃屋でおまちさんと働いた頃のこと、懐かしく思っています」

優しげな笑みを見せた。

訪れた者への素早い接客と、やわらかな雰囲気を持つおあきの笑顔に、これなら繁盛するだろうと吉蔵も金平も納得した。

吉蔵たちがお茶を飲み終えるのを待って、おあきは当時のことについて話してくれた。

「あの部屋を利用していたのは、深川の材木問屋『武蔵屋《むさしや》』さんの内儀で、おはまさんという方です」

「武蔵屋の内儀のおはまですか」

「ええ、はっきり申しまして密会です。男と女の……相手はお武家さまでした」

おあきは、きっぱりと言った。

吉蔵は納得顔で頷いた。あの部屋に立った時に、そんな雰囲気を感じていた。

「おはまさんは旦那様を亡くしていて未亡人です。後家さんです」

その後家のおはまが、十日に一度は竹乃屋を利用していたというのであった。

部屋を予約するのは手代の為七《ためしち》という男で、支払いも武蔵屋だった。

「私は離れの三部屋について予約や料理のことなど責任を持たされておりましたから、あの部屋を使っていたのは武蔵屋さんだと分かっているんです」

ただそのおあきも、武家の名や人相は分からないのだと言う。

武家はいつも頭巾を被ってやって来て、部屋に入るまで頭巾を取ることはなかったのだ。

だから誰も頭巾を取った武家の顔を見た者はいなかった。

「ただ、あの日、おまちさんが間違えて部屋に入ったら、二人は抱き合っていたようなんです。そして二人、おまちさんを一斉に見たらしいんです。その時に、おまちさんは、お武家の顔を見ているんです」

「見たんだね」

　吉蔵は念を押す。

「はい。歳の頃は三十代半ばで、左の頬に薄い痣《あざ》が広がっていたと……」

　吉蔵と金平は顔を見合わせた。ここまでやって来た甲斐があったというものだ。

　しかしまあ、亭主を亡くした女が、十日に一度男と密会を重ねているとは呆れた話だ。そんなことでは、商いにも支障をきたしていたのではと思ったが、

「不思議なのは、武蔵屋さんは旦那様が亡くなってから、以前にもまして繁盛していると聞いていました。ひょっとして、あの密会しているお武家の力かしら、なんて詮索する仲居もいたぐらいなんですよ」

　おあきは笑ったが、

「ただ、おまちさんが行き方知れずになったのは翌日のことですから……私もあの一件が関係あったのではないかと案じているんです」

「ありがてえ、いろいろ話していただきやして」

　吉蔵は頭を下げた。そして、

「おあきさん、もうひとつお尋ねしてえことが……」

平打ちの銀のかんざしについて訊いてみた。

「知りませんね。おまちさんは、そのようなかんざしは持ってなかったと思いますよ」

おあきは言った。


その頃清五郎は、深川の小名木川《おなぎ》に架かる万年橋の袂にいた。

春の声を聞いたとはいえ肌寒い。娘のおねねが、

「もういい歳なんだから、身体を冷やしちゃ駄目よ」

そう言って渡してくれた襟巻きを首に巻いている。

――まったく近頃では、すっかり年寄り扱いしやがって……。

苦笑するが、世話を焼いてくれる娘にはひとことも言い返せない。ただただ娘がいることが、唯一の幸せだと感じている。

亡くなった女房が娘を産んだ時、男なら良かったのにと思ったが、こうして歳を取ってみると、痒いところに手の届くような世話をやいてくれる娘には感謝しかない。

倅なら嫁に気兼ねして、おねねのような心配りはあるまいと思えば、女で良か

ったとつくづく思う。

いずれ孫も産んでくれれば、親として思い残すことはない。つらつらとそんなことを思うにつけ、

――妻五郎は気の毒だな……。

そう思わずにはいられない。

年老いて娘を捜さなければならないような境遇に置かれるとは……。清五郎は大川を眺めながら、妻五郎の心境をおもんばかった。

「親父さん」

不意に呼ばれて顔を向けると、待ち人のよみうり屋の幸介《こうすけ》が立っていた。

「なんだか思いにひたっているようだが、親父さん、まさかこの近隣の女郎宿に馴染みの女でもいるんじゃありやせんか」

幸介はにやりと笑う。

「馬鹿な、からかうのはよしてくれ。それどころじゃねえのは、おまえさん、良く知ってるじゃねえか」

苦笑を返した清五郎に、

「じゃ、行きやしょうか」

幸介は言った。

二人は大川に沿って永代橋《えいたいばし》の方に歩き始めた。

「親父さんに会ってもらおうと思ったのは、今川町の油屋の若旦那で、佐太郎《さたろう》っていうお人でして」

幸介は言った。

弥七が殺された時持っていた、あの平打ちの銀のかんざしを作った飾り職人を、幸介は探り当てていたのである。

そしてその飾り職人から幸介は、深川の佐太郎という油屋の若旦那の注文を受けて作ったものだと聞いたのだ。

幸介はすぐに清五郎の店に使いを寄越してくれて、万年橋で待ち合わせていたのだった。

万年橋から今川町まではいくらも時間がかからない。まもなく二人は『浪速《なにわ》屋《や》』と看板のかかる油屋に到着した。

「若旦那に会いたいんだが」

幸介が出て来た手代に伝えると、まもなく帰ってくると思いますがと口を濁す。

「どちらに出かけているのかね」

重ねて尋ねると、分からないというのだ。

「昨夜から帰ってきていないのです」

手代はとぼけた事を言ったが、どうやら岡場所にでも出かけているようだ。

御府内で堂々と女郎屋を営んでいた時代に比べると、近頃は幕府の岡場所取り潰しにあって店は縮小しているが、男の人口が多い江戸において、岡場所が無くなるということはない。

うまく幕府の目をくらまして、ひそかに昔と変わらぬ商いをしているのだ。

手代が口を濁すのも、そういう遠慮があるのだった。

仕方なく二人は、浪速屋の店の近くで、若旦那の帰りを待つことにした。

当ての無い人待ちだ。清五郎は腰に付けている煙草入れを取りだすと、刻み煙草を煙管《きせる》に詰めた。

まもなく、ちゃらちゃらと雪駄《せった》の音を鳴らして鼻歌を歌いながら、青白い顔の男が、両袖をふりふりしながら上機嫌で帰って来た。

浪速屋のあととり、佐太郎に間違いないようだ。

清五郎はあわてて煙草を仕舞うと、幸介と二人で、佐太郎を迎えるようにして立った。

「あれ、どなたでしたか……」

佐太郎は怪訝な顔で清五郎と幸介を見た。佐太郎の髷《まげ》には赤い藪椿《やぶつばき》の花一輪が挿してある。

なんだ、ちゃらちゃらした男だと、清五郎たちが眉をひそめたのを察知したか、

「うふっ、贔屓《ひいき》の女にもらったんですよ」

佐太郎は笑みを見せる。

そのひとことで、清五郎と幸介は、浪速屋はこの先大丈夫なのかと案じずにはいられなかった。

「若旦那、ひとつ訊きたいことがあってね」

幸介は、手にしたかんざしを見せて、

「これは若旦那が、北森下町の飾り職人に作らせたものだね」

ちらりと佐太郎の顔色を窺《うかが》った。すると、

「あら、なつかしい」

佐太郎は手に取って、

「そうですよ。私が以前贔屓にしていた女にあげたんですよ。でもどうして？」

なぜお前さんが持っているんだという顔だ。

「調べていることがあって、このかんざしの持ち主を捜しているんだが」

清五郎が伝えると、

「それね、永代寺門前の山本町の岡場所に、おたかという女がいたんだけど、その女に私があげたんですよ」

佐太郎は自慢げな顔だ。

「店の名は？」

清五郎の方は難しい顔になっている。

「花菱屋《はなびしや》ですよ。でももうそこにはおたかはいないから。他の岡場所に転売されたんですよ。それも急にね」

遊び人の佐太郎も不審に思っているようだった。

七

吉蔵が金平と品川から戻ると、清五郎が黒駒屋の店の上がり框に腰を据え、煙草を吸いながら待っていた。

清五郎の前には煙草盆とお茶が出されている。おきよが気を利かしてくれたようだ。

「丁度良かった。これから親父さんの店に行くつもりだったんだ」

吉蔵がそう告げると清五郎も、

「こちらもそう思って待っていたんだ」

勢いよく煙草盆に煙管を打ち付けて吸い殻を落とすと、ふっと煙管の口から息を吹きかけた。

すると奥からおきよが出て来て言った。

「吉さん、お帰りなさい。清五郎さん、随分お待ちになったんですよ。どうしても話しておきたいことがあるっておっしゃって。ささ、皆さん揃ったのですから、どうぞあちらに……お疲れを癒やして下さいませ。お酒も用意してありますよ」

「そうだな、親父さん、少し喉を潤しながら……いいでしょう」

清五郎に吉蔵は言った。

「そうだな、吉さんたちも品川から帰ってきたところだ。いただきやすか」

三人はおきよが用意してくれた膳の前に座った。

「ほう、これはふきのとうじゃないか」

清五郎が膳に載っている味噌和えのふきのとうに早速気付くと、すぐに口に運

んで、

「うまい！　流石《さすが》おきよさんだ。白味噌仕立てで上方風だな。お旗本で長年奉公した方の味はやはり違う」

清五郎はおきよの料理を褒めた。

「そんなに褒めていただいても、たいしたものは出ませんよ」

おきよは笑った。すると、

「いや、ほんとに美味いよ。親分、疲れが吹っ飛びますね」

金平も舌鼓を打つ。

「そんなに皆さんに喜んでいただけるなんて良かったこと。実はね、今日佐世さんがいらして、楓川《かえでがわ》の土手にふきのとうがたくさん出ている所を知っているから行きましょうって誘ってくださったんですよ。それで二人で摘みにいったんです。そしたらほんとうにたくさん出ていて、手籠にいっぱい摘みました。もう佐世さんは、はしゃいではしゃいで、あんな佐世さん拝見したのは初めてです。あの方、可愛らしいところがあるんですね」

なにかと佐世に厳しかったおきよが、佐世を褒め、これから天ぷらをお出ししますと台所に消えた。

おきよが用意してくれた膳には、ふきのとうの他にも、かれいの煮付けや蕪《かぶ》の漬け物が載っている。

吉蔵も金平も、そして清五郎も、今日一日探索で疲れていた。おきよが用意してくれた食事は、なによりも有り難い。

まもなく天ぷらも運んで来たおきよは、

「ふきのとうとごぼうの天ぷらです。で、お塩は、あの赤穂《あこう》浪士で有名な赤穂の塩ですよ。この塩ですと天ぷらが締まって美味しいですから。早採りの瑞々《みずみず》しいふきのとうは香りも良くて、私、お味見してみましたが絶品でした」

おきよの勧めで三人は箸を進め、酒を喉に流した。

一通り食したところで、吉蔵たちは盃を置いた。そして互いに今日調べて来た結果を報告しあった。

清五郎は吉蔵の報告を聞き終わると、

「品川での調べで、材木問屋武蔵屋の後家の密会が、おまち失踪に無関係ではないらしいとわかったことは大きな収穫だな。もともとわしらが材木問屋吉野屋の死について、なんらかの事件がらみじゃないかと探っていたところだ。その調べの中で商売敵だった武蔵屋の名はあがっていた。その武蔵屋と、おまちが姿を消したことと関連があるなどとは考えてもみなかったが……」

そうだろう……と吉蔵に視線を投げて、

「吉さん、吉野屋はさる普請の入れ札で武蔵屋を押さえて権利を得ていた。ところが間もなくのこと、吉野屋の木置場が火事に遭って店は潰れている。吉野屋はそれで自殺したことになっているが、この死には疑問が残っている。そして吉さんの聞き取りで、吉野屋が死んでくれたお陰で武蔵屋が権利を得られたことも分かっている。数ある材木問屋の中で、武蔵屋が入れ札関係無しで権利を得ることができたのだ。密会の話が本当なら。武蔵屋は後家が謎の武家に色香を使って権利を得た、と考えても不思議は無い。するとだな、そんな利権を持ってきてくれる武家とは何者なのか、武家の正体が問題だ。おまちはそんな二人の密会現場を見てしまったのだ。誰にも知られたくない二人が、おまちを殺そうとしても不思議はない。まったく胡散《うさん》臭い話だぜ」

清五郎の顔は怒りの色に染まっている。

「確かに親父さんのいう通りだ。材木問屋の一件と、おまちの件との繋がりを確かめることが肝心だ」

「それについてだが、この前佐世さまが焼き芋を買ってきてくれたが、その焼き芋を売っている男が、潰れた吉野屋の手代だったと言っていたろう。どこの焼き芋屋だったのか佐世さまに尋ねて、その男に会ってみようと思っているんだ」

「清五郎さん、それなら私聞いていますよ。どこの焼き芋屋だったのか」

なんとおきよが、そう言いながらお茶を運んで来た。

「私も一度、あの焼き芋を買いに行ってみたいと思ったものですから教えてもらったんです。小舟町二丁目、中の橋の袂ですって」

「何、うちの店の近くじゃないか。よし、明日、早速その吉野屋で手代をしていたという男に会ってみよう」

清五郎は言った。

一方その清五郎が幸介と調べて分かった平打ちの銀のかんざしの持ち主について吉蔵たちに報告した。

岡場所の女おたかという女郎に油屋の若旦那があげたものだと分かったが、そのおたかとおまちとはどんな繋がりがあったのか。

また弥七が放さず懐に持っていたとすると、おまち探索には必要な品だったに違いないと。

「親父さん、じゃあ、あっしがもう少し、銀のかんざしを追ってみますよ。少しずつ事件の全体像が、ぼんやりではあるが見えてきたように思いやす」

吉蔵は力強く言った。清五郎も大きく頷くと言った。

「はじめは雲を摑むような思いだったが、行き方知れずの娘が見付かれば、あの妻五郎もさぞ安心して死ねるだろうよ」

「確かに……つくづく思いましたよ。血の繋がっている者の行方や生死が分からねえというのは、身内の者にとってどれほど辛いことかと……」

吉蔵は、ふっと笑ってから、

「いや、あっしはね、おまちさんの行方を追っかけていくうちに、親父のことを思い出しましたよ。あっしを牧に預けてこの江戸に出て来たらしい無責任な親父ですが、その親父は未だ行き方知れず。あっしは顔も覚えちゃいませんが、年々親父に会いたいと思うようになりやして、この岡っ引の仕事を始めたのも、親父を探せるかもしれねえという淡い思いがあったからなんでさ。もし会うことが出来たなら、嫌みのひとつも言うかもしれねえ。憎んでいた時もありやしたからね。でも、親父の顔をみなければ、自分が根無し草のように思えて……どんな親からこの世に生まれ出てきたのか、それを知らなければ、歳を取ってこの世を去る時も空しい。そんなことを考えましたよ。行方をくらました者には深い事情があって辛い思いをしているのだろうが、目の前から去られた者もまた、辛いのは変わりない」

吉蔵は複雑な思いを抱きながら、おまちを捜しているのだった。

翌日吉蔵は金平を連れて、深川山本町の花菱屋を訪ねた。かんざしを若旦那からもらったおたかという女郎は、もう花菱屋にはいないことは分かっていたが、何かの手がかりがあればと思ったのだ。

「おたかさんのことですか……」

出て来た女中は、困惑した顔で聞き返したが、調べていることがあって話を聞きたいと伝えると、女中は奥に引っ込んだ。

どこの田舎から出て来ているのか、頬の赤い、化粧っ気のない娘で、おそらくまだ客を取るのには幼すぎて、女中として使っているのだろうと思った。

まもなく青地に縦縞の入った着物の裾を引っ張って、中年の女が出て来た。

「女将でございますが、親分さんがまた何のお調べでございましょうか」

女将の顔には不安が表れている。

なにしろ岡場所はこのところ、取り潰しを食らっている。一番厳しい取り潰しがあったのは定信の寛政の改革の頃だが、その後も奢侈《しゃし》禁制を政策のひとつとして、岡場所はお上から目を付けられて、何かあるたびに営業停止を命じられているのである。

しかし、武士や大店の商人は、公に妾を何人も抱えることが出来て、女に困ることはないだろうが、下町の多くの男たち、また地方から参勤や出稼ぎで江戸に出て来ている男たちにとっては、岡場所が潰されるというのは納得できる話ではない。

結局お上の厳しい取り締まりのほとぼりがさめると、あの手この手と工夫をして、女を斡旋《あっせん》する店は営業を続けているのだった。

女将の顔に不安が表れたのは、そういう苦難の歴史があるからだ。

「いや、この宿の商いをどうこうという話ではないんだ。実はある事件で調べていることがありやしてね。こちらにいたおたかという者について教えてほしいんだが……女将さん、おたかはここで女郎として使っていた名だね」

吉蔵は女将をきっと見た。

「そうですよ。本名では本人も嫌でしょうしね」

「で、おたかの本当の名は？」

吉蔵は、もしかしてという気で尋ねた。

「おとめですよ」

女将は、さらりと言った。

「おまちではなく、おとめですか……」

吉蔵はおまちの名も出して聞き返した。期待薄の調べだと覚悟してやっては来ているが、やはり当てが外れるとがっかりだ。

「奉公人の請状《うけじょう》にはおとめと書いてありました。ただし」

女将は改めてこう言った。

「女郎仲間には、おたかは自分の名を、おまちだと言っていたようですよ」

「何……おまちと」

やはりな……と吉蔵は思う。

「親分！……」

金平はびっくりしたようだ。

「これは長年この商売をやっている私の勘ですが、ここにおたかを連れて来た者は、きっと本名を出すとまずいという事情があったのではないでしょうか。私は女たちから本当の名はおまちだと聞いて、そう思いましたよ。気の毒な人だなと思って見ておりました」

海千山千だと思っていた女将は、実は人を思いやる優しさも備えている人物だった。

女将の話では、無理矢理女衒《ぜげん》に売られて来た女たちの場合、そういう昔の名前さえ分からないように証文に書かれているという。珍しい話ではないらしい。

「ですからおたかをここに連れて来た男は、くせ者に違いない。私はそう思いますよ。その女衒は、半年も経たぬうちに、またおたかをどこかに転売したんですから」

「女将、その女衒の名は？」

険しい顔で吉蔵は訊く。

「円蔵という男です」

「円蔵か……で、その円蔵だが、おまちさんを何処《どこ》に転売したかは分かりませんか？」

「分かりませんね。ただ、おたかが転売されたあとで、亭主だと名乗る人が尋ねてきましてね。同じようなことを訊かれましたよ。ずいぶん落胆して気の毒でした。それを見かねたおたかと仲の良かった者が、おたかが置いていった物だと言って、銀のかんざしを渡してあげたんですよ」

吉蔵は金平と顔を見合わせた。

弥七が死ぬまで懐に忍ばせていたのは、そういうことだったのか。

金平は懐から、銀のかんざしを出して女将にみせた。

「ああ、これこれ」

女将は手に取って、

「確か油屋の若旦那がおたかにと買ったものですよ。あの旦那はおたかにぞっこんで、身請けしたいなんて言っていたんですから……」

女将は苦笑し、

「でもおたかがいなくなると、今では別の女に夢中になって……なんでしょうね、男っていうのは」

呆れた顔で吉蔵を見た。

吉蔵と金平は、そこで花菱屋を後にした。数歩歩いたところで花菱屋を振り返った。

店の暖簾が頼りなげになびいているのを眺めながら、

「親分、驚きましたね。ここでおまちさんはお客をとっていたなんて……」

金平は興奮気味だ。

それは吉蔵も同じこと、大きな手がかりを得たのは得たが、おまちが女郎をしていたとは複雑な思いだ。

まして弥七なら、どのような気持ちで聞いていたのか。

――弥七はきっと、その後必死で女郎屋を当たっていたに違いない……。

銀のかんざしは、やはり女房おまちを捜すのに重要な品だったのだ。

八

吉蔵と金平が出かけようとしたところに、与力の金子十兵衛からの使いだと言って、下男がやって来た。

「旦那さまが急ぎお伝えしたいことがあるとのこと。組屋敷まで来ていただきたいと申しております」

下男はそう言って帰って行った。

吉蔵と金平が急ぎ駆けつけると、金子十兵衛は同心の菱田平八郎と一緒に吉蔵たちを待っていた。

すぐに吉蔵たちは庭に面した座敷に入った。

その庭には桃色の梅の花が咲き誇っていて、微風が吹くたびに、座敷の中まで梅の香りが漂って来る。

「吉蔵、妻五郎のところに娘によく似た女を見たという知らせがあったそうだ」

金子は吉蔵の顔を見るなり言った。

「まことですか……」

吉蔵は驚いて金子を、そして平八郎の顔を見た。なにしろ吉蔵は、昨日深川の花菱屋で、おまちの名を聞いたところだ。

「場所は何処です？」

吉蔵は訊く。

「それが、入江町の岡場所なのだ」

「入江町……」

ぎょっとして吉蔵は聞き返す。

金平も興奮した顔で言った。

「親分、入江町なら、弥七さんが殺された場所のすぐ近くじゃないですか」

「そうか、おまちの亭主が殺されていたのは、入江町の近くだったのか」

今度は金子が驚いて平八郎と顔を見合わせた。

「へい、亭主の弥七は竪川に架かる三ツ目橋の河岸地で殺されていやした。入江町の岡場所はすぐ近くを流れる横川沿いにあるようですから」

吉蔵は、久松と殺しの現場に立った日のことを思いだした。

「そうか、それなら妻五郎に知らせてくれた話は他人の空似じゃない。おまちかもしれんな。妻五郎が知らせてきたのは、同じ長屋に住む貸本屋だそうだ。余程の厚化粧でない限り、間違うこともあるまい。吉蔵、入江町のどの店なのか、慎重に探りを入れてくれ。万が一こちらの動きを察知されれば、また別の岡場所に転売されるやもしれぬからな」

金子は険しい顔で言った。

「金子様、おまちを岡場所に売った男ですが、名は円蔵と分かっています」

「名は円蔵……どこかで聞いたことがあるな」

平八郎が首を傾げる。するとその時、

「円蔵は、南町の岡っ引だと思いますぜ」

突然声がしたと思ったら、清五郎が下男に案内されて部屋に入って来た。清五郎の後ろには源治の姿がある。

「おう、来たか」

金子が手招く。

「ごめんなさいやし」

清五郎が源治を促して部屋に入って来た。

「金子様、平八郎の旦那、この男は、つい先頃まで南町で岡っ引をやっていた源治という者でございやす」

清五郎がそう説明すると、源治がその先を告げる。

「お初にお目に掛かります、源治と申しやす。このたびはこちらの清五郎さんが探索している事件について、どうやら南町の者が深く関わっているようでございやして、それでお役に立てればと参りやした」

鋭い視線を金子と平八郎に向けた。

そのあとをまた清五郎が説明する。

「今日は二つ報告がございやして。まずひとつは、料理屋竹乃屋で武蔵屋の後家と密会をしていた武士のことですが、その密会と、おまちが行き方知れずになったことは無関係ではないということです」

金子が頷くのを見て、清五郎は説明を続ける。

「実は吉さんの調べで、その武士の頬にはうっすらと痣があることが分かっておりやして」

「何、痣だと……」

金子は首を傾げた。記憶の中にある何かを捜しているような顔で、清五郎に聞き返した。

「へい、痣です。その男は自分の顔を見られたくないために、いつも竹乃屋にやって来た時には、部屋の中に入るまで頭巾を被ったままだったようです。店の誰もがその武士の顔をはっきり見た者がいなかったんでさ。ところがおまちはそれを見た。そして行方が分からなくなった。更に、そのおまちを捜していた亭主の弥七も殺されたが、この殺しを、南町の雪見とかいう同心が、ゆきずりの物盗りで探索はしないと、弥七の手下だった久松に断じたんです。探索もしねえで、そんな乱暴な断を下すとは、南町の判断は怪しいのじゃねえか。疑問が募《つの》って、あっしはこちらの源治さんに相談していたんです。そしたら、その痣には覚えがあると……」

「何、痣がある人物とは誰なんだ？」

平八郎が源治に視線を移す。

「へい、南町の与力、野呂富之助でございやす」

「野呂……」

するとと金子は言って膝を打った。そして、

「旗本から養子に入った男だな」

金子に心当たりがあったのだ。

「野呂をご存じでしたか」

源治が訊く。

「知っている。北の与力が二十五騎、南も二十五騎。合わせても五十騎しかいない与力だ。互いに牽制したり協力したりと、知らないことはない」

金子の言葉が終わるや、

「しかし、その与力がこの一連の事件に関わっているとなると許せることではない」

平八郎が吐き捨てるように言った。

「与力ばかりか同心の雪見、雪見から十手を預かっている円蔵。この三人は一味です。しかもその円蔵が、おまちさんを岡場所に売り、また転売までしている女衒だったとは、どこまで闇が深いのか……」

源治も怒りの顔だ。

「許せんな。与力、同心、岡っ引がぐるになって悪行を働くとは、世は闇だ」

平八郎は憤る。

しばらく沈黙が続いた。江戸の御府内の治安を預かる仲間が悪行を働いていると知った衝撃は大きい。

南町のこととはいえ、一同の気持ちは沈んでいく。

静寂が続いていたその時、金子の役宅の庭の梅の木に小鳥が飛んできて、花の蜜を次々と追い始めた。

「ちゅちゅ」

鳥は可愛らしい鳴き声を上げながら、花から花へ、蜜を求めて次々と飛び回る。

吉蔵は、ちらと視線を梅の木にやった。

――めじろか……。

夢中になって花を求める、鮮やかな緑の羽で覆われた鳥を見て思った。甲州の山の暮らしでは珍しくない光景だ。

吉蔵は、めじろの声に気分を持ち直して金子たちに言った。

「あっしが調べたところによりますと、武蔵屋の店が繁盛しているのは、与力の野呂という人物が入れ札に関わるようになってからだと分かっていやす。入れ札で吉野屋が権利を得ていたのに、吉野屋の主は亡くなり店は潰れて、その権利を手にしたのは武蔵屋です。いったいその権利は何だったのか……」

「吉さん……」

清五郎がそこで割って入った。

「その件で少し……」

吉蔵に断りを入れ、金子と平八郎をきっと見て、

「吉野屋の手代だった男が、今焼き芋屋をやっているのですが、その者から、入れ札の件について聞いて参りやした。手代の話によれば、一年と八ヶ月前、南町で三十間堀に架かる橋の修理、また河岸地にある店の修復と建設の入れ札が行われたようです。多くの材木問屋が入れ札に参加し、そして吉野屋がその権利を手に入れた。二千両近くの普請の入れ札だったようです。ところがその直後、吉野屋の木置場が何者かの放火によって焼けてしまった。主の宗兵衛は誰が火付けをしたのか見当はついていると南町奉行所の野呂与力に訴えたようです。しかし、その三日後に、宗兵衛は浅草寺の林の中で首をくくって亡くなったというのです。一家は離散、奉公人もちりぢりになったということでした」

金子は頷くと、

「一年と八ヶ月前、三十間堀の河岸地は火事で多くの家屋が焼け落ちたのだ。橋もそうだ。あの時確かに、入れ札の差配を行ったのは南町奉行所だ。その後入れ札に南の奉行所が関わる話は聞いてはいないが、火事は毎年御府内で起こっている。そのいくつかに野呂が口利きとして武蔵屋を推挙していたとなれば、これは奉行所としても見て見ぬ振りは出来ぬ問題だ」

　金子の目は怒りに燃えている。

「あっしは、全ての事件の起こりはそこにあるのではないかと考えておりやす。おまちさんのことも無関係ではないのです。それだけに、おまち救出と並行して、武蔵屋と野呂与力の動向も調べなければならないと考えておりやす。しかも、ひとつひとつ慎重に行わなければなりやせん」

　吉蔵は、きっぱりと言った。

「吉蔵、お前さんの考えの通りにやってみてくれ。やつらに気取《けど》られずに確実に捕縛するのだぞ。ただ、悪党の頭《かしら》が与力となると、どんな手を使ってくるのか分かったもんじゃない。よいか、おまえさんが下す判断については、わしが責任を持つ」

金子は、きっぱりと言った。

皆大きく息をついた。一同の胸には熱い決意が滾《たぎ》っている。

金子が手を打った。

すると、同家の女中がお茶と羊羹《ようかん》を運んで来た。

「父上……」

なんと袴姿の十歳ほどの少年が、女中について部屋に入って来た。

「お願いがございます」

少年は膝を揃えて金子に言った。

「新太郎《しんたろう》、行儀が悪いぞ」

金子はそう言ったが、その顔は言葉とはうらはらに、目を細めている。

「すぐに失礼いたします。父上から吉蔵さんに頼んでいただけませんか。黒駒の凧を私は欲しいのです」

新太郎はそう願い出ると、吉蔵に顔を向けて笑いかけた。利発そうな顔だった。

吉蔵は金子から頼まれるまでもなく、新太郎に言った。

「若様、お安い御用でございますよ。よろしければ一度黒駒屋においでになって、気にいった凧を選んでくださいやし」

「ありがとうございます」

新太郎は元気な声で礼を述べると、一礼して部屋を退出して行った。

「すまんな吉蔵」

金子は苦笑して言った。


「親分、あれが円蔵だ」

大伝馬町《おおでんまちよう》の呉服屋を、吉蔵と張り込んでいた金平が声を上げた。

前方に見える呉服屋から今、目の鋭い男が出て来たところだ。

この数日、吉蔵と金平は円蔵の姿を追っていた。当月は南町が非番ということもあってか、円蔵は雪見と一緒に行動している様子ではない。

ただ、非番当番は奉行所の内々の都合であって、同心や岡っ引の見回りや探索などは、通常途切れることなく行っている。

町人と武家を合わせて百万人の町の治安を預かる両町奉行所の役人たちは、与力と同心を合わせても二百五、六十人だ。しかも町を回って探索捕縛を担当しているのは、ほんのひと握りだ。役人たちは多忙を極めている。

ところがどうだ！　一連の事件に与力や同心、岡っ引までかかわっていると知って、吉蔵たちが苦虫を噛み潰したような顔でいるところに、今日になって大伝馬町の店を円蔵が回っているとの知らせをもらったのだ。

それで円蔵を見付けたのだが、吉蔵たちに狙われているとも知らず、円蔵は呉服屋を出て来ると、数歩歩いてから、店の暖簾を振り返った。

そして、にやりと笑うと、手にある懐紙に包まれた物の重みを確かめているようだった。

「親分、あいつ、呉服屋になんだかんだと自分が見回っていることのありがたさを押しつけて、金を巻き上げたに違いありやせん」

金平が呆れ顔で吉蔵に言った。

「それもこれも今日で終いにしてやろう。金平、逃すんじゃねえぜ」

吉蔵は金平を促した。頃合いを見て円蔵に縄を掛け、番屋に引っ張るつもりだ。

円蔵は両国に出た。両国橋を渡り、回向院《えこういん》に向かって行く。しかも人の目につかぬように細い路地に入って行く。

「どうしたんでしょうか。まさか何かの探索という訳では……」

金平が案じ顔で言う。

「いや、この路地の先を抜けたところに、賭場を開いている空き家がある。そこで遊ぶつもりだろうよ」

　吉蔵は苦笑して円蔵の背を睨んだ。

　案の定円蔵は、路地を抜けたところで立ち止まった。草地のむこうに空き家が見える。

　円蔵がそこに向かって歩き始めたその時、吉蔵と金平は走って行って、吉蔵が声を掛けた。

「円蔵、岡っ引のくせに博打場に行くのかね」

　円蔵がふわりと後ろを振り向いた時、金平は円蔵の行く手に走って、吉蔵と円蔵を挟むように立った。

　それに気付いた円蔵が、険しい顔になって怒鳴った。

「なんだよ、おめえたちは……わしを誰だか知っているのか……」

　円蔵は懐から十手を出した。

「そうやって、常に十手を振り回し、悪事を働いているのか、お前は」

　吉蔵が言った。続けて金平が、

「北町の者だ。お前と同じ十手持ちよ。こちらは吉蔵親分だ」

　小気味よく言った。

「何……そうか、おまえが吉蔵とかいう爪屋か。爪屋が何の用だよ」

負けじとすごんでくる。

「話が聞きてえんだ。この番屋まで来てもらおうか」

じりっと吉蔵は歩み寄った。

「十手持ちの俺さまに番屋に来いとはな……寝ぼけてんのか！」

円蔵は癇癪《かんしゃく》持ちのように叫ぶ。

「ふん、お前の悪事を聞いてやろうって言ってるんだ」

「何、お断りだな」

円蔵は次の瞬間、金平を突き飛ばして走り出した。

「追え！」

吉蔵が追う。金平もすぐに起き上がって追っかける。

「あっ」

円蔵の悲鳴が上がった。同時に円蔵は草地に頭から転げ落ちた。

吉蔵と金平が、それっとばかりに、転んだ円蔵に飛びついた。

「いてて、放せ！」

円蔵は吉蔵たちに腕を摑まれて立ち上がらされた。

円蔵の足元には、枯れ木が横たわっている。円蔵はその枯れ木に足を引っかけてしまったようだ。

吉蔵と金平は両脇から円蔵の腕を摑んで、近くの元町の番屋に向かった。

「何するんだよ！……てめえら、南が承知しねえぞ！」

円蔵は身体を捻って抵抗したが、吉蔵たちは円蔵を番屋に押し込んだ。

ここは間口二間、奥行き五間の大きな番屋だ。

通常の番屋より、倍以上の大きさである。大番屋に次ぐ大きさだ。それだけに留め置かれている者たち数人が、簡易の牢に押し込まれていた。

その牢の中に入れられて、円蔵は格子を蹴り上げて怒っていた。

だが、半刻後に平八郎が吉蔵の知らせを受けてやって来ると、流石に敵意は消失したのか、しょげた顔で平八郎の前に座らされた。

円蔵の両手は後ろ手に縛られているし、板の間に引き据えられて、両脇を吉蔵と金平に挟まれている。

逃げることなど出来ないと悟ったか、平八郎の前では顔を伏せた。

「正直に話せば罪も軽くなるのだ」

平八郎はまずそう伝えてから、

「おまえは南の岡っ引の癖に、おまちを岡場所に売ったことは分かっている。まさかおまちが女郎になりたいなどと言った訳ではあるまい。すると、考えられるのは、お前はおまちを拐《かどわ》かして売ったんだ。そうだな」

平八郎は厳しい口調で訊いた。

「……」

円蔵は口をつぐんだままだ。

「拐かしの罪、まやかしの証文を書いた罪……」

円蔵は、ぶるぶる震えだした。

「御定書《おさだめがき》によれば、女を誘拐し、女郎として売った者は、磔《はりつけ》だ。しかも牢屋敷から刑場まで引き回し、万民に悪党づらを披露する。そして刑場では二間の柱に上下二本の横木を渡し、上部横木に両手を開いて縛り、下の横木に足を開かせて縛る。身動き出来ない状態で処刑するのだ」

平八郎が最後まで言う前に、

「あっしは、あっしは、言われた通りにやったまでだ」

円蔵は叫んだ。今にも泣き出しそうな顔だ。唇は震えている。

「誰に命じられたんだ……与力の野呂か」

平八郎は問い詰めていく。

円蔵の返事は無かった。逡巡《しゅんじゅん》している様子だったが、

「円蔵！」

平八郎が声を荒らげると、円蔵はびくりとして、

「へい、その通りでございやす」

恐怖のあまり、かすれた声で言った。

「与力の野呂は、材木問屋の入れ札にも関与し、武蔵屋の後家と密会を重ねて便宜してやっていると聞いているが……」

「へ、へい」

「おまちを拐かしたのは、それに関連してのことだな？」

肝心要の質問を平八郎はした。答えは分かっているが、円蔵の口から白状させるのが肝心だ。

「へい、野呂様の顔を竹乃屋で見られたからです。その日のうちにおまちを殺せと……ですがあっしは、殺すのには惜しいと……それで岡場所に売ったんです」

「分かった。では吉野屋の木置場に火を放った者、吉野屋宗兵衛を殺した者……また、弥七を殺した者は……」

「あっしじゃねえ！」

円蔵は叫んだ。

「では誰だ？」

「知らねえ、本当だ」

円蔵は必死で叫んだ。

九

「きゃあ、やめて、やめて下さい。堪忍して下さい！」

若い女が泣き叫ぶ声が、女郎宿が軒を連ねる表の道に聞こえてくる。

ここは本所横川沿いにある入江町の岡場所だ。

女の泣き声があるのは『まんだら屋』という宿だった。

まんだら屋の前では遣り手婆が、まだ肌寒さが応えるのか、使い古した手ぬぐいを首に巻いた姿で、カモになるお客が近づくのを待っている。

「旦那、まんだら屋には、良い子がいますよ……」

時折そんな言葉を通行人に発しており、このまんだらとは曼荼羅からとったものらしく、女郎宿の名には珍しい。

ただ、曼荼羅とは仏の悟りを表す菩薩《ぼさつ》などを配して描いた図絵のことで、それが女郎宿の屋号となると、何か意味深な感情を呼び起こす。

案の定、女郎が悲痛な叫びを上げる部屋には、曼荼羅の図絵とは程遠い、男と女が絡み合う淫靡《いんび》な枕絵が絹地に描かれて、壁になん枚も掛けられている。

その部屋の中で、今一人の女郎が後ろ手に縛られて、この宿の主である坊主頭の法雲《ほううん》という男に鞭で叩かれているのだった。

鞭が振り下ろされるたび、女郎の悲鳴が上がっている。

苦痛に耐える悲鳴だが、その表情や声が、聞きようによっては淫靡な景色を想像させて、鞭を持つ法雲の目が異様に光っている。

外見通り法雲は坊主くずれ。坊主としてまともな修行をしていたとは思えぬ好色な顔をした男だ。

その法雲の背後には、女房で女将のおつたが両袖に手を差し入れるようにして腕を組み、鼻で笑いながら見物を決めこんでいるのだった。

そして、この部屋の外からは、女郎宿の女たちが怯えた顔で折檻《せっかん》を見守っているのだった。

その女郎たちの前で、これ見よがしに法雲は、折檻されて蹲《うずくま》っている女の背中に言い放つ。

「足抜けしようとしやがって……二度とそんな舐めた真似が出来ねえようにしてやるぜ。思い知れ！」

再び女の身体に鞭が打ち付けられる。

「ぎゃあ！」

女は断末魔の声を上げた。すると、

「大げさな女だこと。お前さん、そんな生っちょろい打ち方じゃあ反省なんてしやしませんよ。まさかお前さん、この女をあたしの知らぬ間に抱いたりして、それで手加減してるんじゃないだろうね」

おつたは立ち上がると、亭主の法雲に歩み寄り、鞭をひったくるように奪い取ろうとした。

「ちっ、好きにしな」

法雲は鞭を女房のおつたに渡すと、背後で見物人と化した。

「ふん」

おつたは腕をまくると、失神寸前の女に歩み寄り、女の髷をひっつかんで顔を

ぐいと自分に向けると、

「いいかい、女郎宿には女郎宿の掟があるんだ。お前さんには多額の金を使っている。この襦袢《じゅばん》も、白粉《おしろい》も、紅《べに》も、かんざしも、みんなこっちが用意してやったんだよ。その身体で稼いでもらわなくちゃあならないんだ。今度足抜けしようとしたなら、命は無いよ。覚えておきな！」

おつたは、女に鞭を振り下ろした。

「ああっ……」

女は声を上げる元気も失せたようだ。

見守っていた仲間の女郎たちは、

「おすずちゃん、おすずちゃん」

と小さな声で呼びかけて、許してやって、お願いとばかりに、おつたに向けて両手を合わせて祈っている。

どうやら折檻を受けているのは、おすずという名の女郎らしい。

すると仲間の女郎たちを、おつたはぎろりと鋭い目で睨み、

「いいか、お前たちも良くみておくんだ。お前たちがここに居るということは、この宿が大枚をはたいて、お前たちを買いとったってことだ。その金が返せない

うちに勝手な真似をすれば、こうなるって事だ」

怯える女たちの前で、またおすずに向かって鞭を振り上げた。その時だった。

「もう止めて！」

一人の女郎が折檻している部屋に飛び込んで来た。そしておすずを背後に庇うようにひざをついて両手を広げると、

「旦那さん、女将さん、おすずちゃんは、田舎のおっかさんが病に倒れたという知らせをもらって、それも重い病だと知り、せめてひと目会っておきたい、その思いが募って宿を逃げだそうとしたことなんです」

毅然とした顔で言ったのは、おたかだった。そう……おたかとは仮の名前、本名はおまちである。

首を白く塗っていて、濃い紅も付け、女郎という職が身体の隅々まで染みこんだ、紛れもない女郎の姿である。

「おたか、余計なことを言うんじゃないよ！」

おつたの険しい声が飛んできた。

「余計なことだって……」

おたかは立ち上がった。そして、おつたをきっと睨み返した。

おつたは、突然の女郎の反抗に驚いたが、

「そうじゃないか。いいかい、お前がね、うちの宿の稼ぎ頭だろうが、そんな口はきかせないよ。女郎は売り物買い物、宿の法には逆らえないんだよ！」

「冗談じゃないよ！」

おたかは、即座に返した。

「あたしたちは人間なんだよ。同じ売り物買い物と言ったって、野菜や魚や味噌や米じゃあないんだから。この身体にはね、赤い血がひとときたりとも途絶えずに流れているんだ。女将さんと一緒だよ。そんな私たちに、こんな仕打ちはないだろう」

「おたか、てめえ！」

ついに法雲も黙っていられなくなったようだ。おつたから鞭を奪い取って、おたかを威嚇する。

「ふん、やれるものならやってみな。そうだよ、殺したければ殺してみな！」

豹変したおたかに、

「おたか！」

法雲は一瞬たじろぐ。

「ずっとずっと辛抱していたけど、もう我慢の限界だ。何を隠そう、私は岡っ引の娘さね」

おたかは、堂々と宣言して、法雲を睨み、おつたを睨んだ。

「ええっ！」

女たちからは驚きの声が上がった。

「この宿にやってきたのは、悪い奴に拐かされて、売られ売られてきたんだけど、自分の意志でこの世界に入ったんじゃない。みんなだってそうだろ？」

怯えている仲間の顔を見る。すると、女たちは皆頷く。

おまちは啖呵を切り続ける。

「ここまできたら、ここまで心も体もずたずたにされたら、もう命だって惜しくない。ずっと私は考えていたんだ。もうお天道様の下で暮らせないというのなら、この命、女郎の仲間のために、岡っ引の娘としてどうすれば役に立つんだろうとね。女将さん、旦那さん、この宿はお上のお許しを受けて営んでいるんじゃないだろ……お上の目を盗んで営んでいるんだ」

「お、おたか、おまえ……おまえ、何時からそんなに生意気になったんだ」

おつたが歯ぎしりするが、おたかが怯むことはない。

「ふん。女将さん、役人に踏み込まれればどうなるか分かってるだろ……二人は重い罪に問われるよ。こんな宿をやっている時点で大罪人だ。ところがその大罪人を毎日毎日支え続けているのが女郎じゃないか。その女郎に対して折檻するなんて罰当たりだよ。許せないよ！」

「この、アマ！」

法雲が鞭をおたかに向けて打った。その時だった。

「た、たいへんだよ」

遣り手婆が部屋に飛び込んで来た。

「表に今、御奉行所の役人が、主を出せって言って」

老婆は玄関の方を指す。

「何、役人だと……」

仰天した法雲が女房のおつたと顔を見合わせたその時、どかどかと足音を立てて入って来た者たちがいる。

同心菱田平八郎と吉蔵と金平、そして清五郎だった。

「北町奉行所の者だ。この宿に、おたか、いや、おまちという人がいる筈だ。出してくれ」

平八郎が言った。

同時に、吉蔵、金平、清五郎が、法雲とおつたを囲むように立った。

「お役人さま、いきなり、なんでございますか」

おつたの顔は青くなった。へりくだって手をすりあわせる。

法雲は不意打ちを食らった顔で、睨むのが精一杯の体《てい》だ。

「店を閉めるのが嫌なら、こちらの意向を素直に聞くんだ。おまちという者がいるだろう」

法雲とおつたが、おたかに顔を向けた。

「おまちさんか……」

平八郎が呼びかけると、

「昔はね、おまちだったけど、今はおたか。私になんの用ですか？」

「良かった、捜していたんだ。親父さんが寝込んでいる。余命を切られているんだ」

「おとっつぁんが……」

おまちの顔が不安に包まれる。

「お前さんの親父さんの妻五郎さんだ。死ぬ前に娘に会いてえ、無事を確かめて

え と頑張っているんだ」

吉蔵が言った。

「でも私……」

おまちは、両手を広げて、自身の襦袢姿を見て、

「こんな姿になってしまって……おとっつぁんには会えません。おまちは死んだとお伝え下さい」

「馬鹿なことを……おまえさんが円蔵に拐かされて売られたことは分かっているんだ。元気で、生きている姿をみれば、妻五郎さんも命が延びるだろうよ。娘が可愛い。その父親の気持ちは、あっしには良く分かる」

清五郎の言葉に、おまちは膝をついて顔を覆った。

「おとっつぁん！」

「おまちさん、おまえさんが無事に帰ってくるのを願っていたのは親父さんだけではねえんだぜ。亭主の弥七さんもお前さんを案じて捜していたんだ。だが、それを円蔵たちに悟られたんだろうな。弥七さんは殺されたんだ。殺された時、弥七さんの懐には、これがあった」

吉蔵は、銀のかんざしを、おまちの掌に載せてやった。

「弥七さんはこのかんざしを、おまえさんの物だと言って前にいた宿で手渡されていたんだ。だから弥七さんは、おまえさんだと思って、大事に、懐に入れていたにちげえねえんだ」

吉蔵の言葉に、おまちはかんざしを胸に押しつけると、

「ああっ」

泣き崩れた。

おまちはおきよに連れられて、湯屋に行き、黒駒屋に帰って来ると、すぐに用意してあった着物に着替えた。

おきよの古着で紬《つむぎ》の着物だ。藍色の地にあられ柄の落ち着いた袷。帯は焦げ茶の無地できりりと締まって見える。

「良くお似合いよ」

おきよが微笑んで立ち姿のおまちに言った。

「良いのかしら、こんなに美しい着物をお借りして」

「差し上げますよ。お屋敷で奉公していた時の着物です。今は爪屋の留守番とおさんどん、掃除洗濯のお婆さん。喜んでいただければ嬉しいですよ。さあ、髪も

結い直しましょう」

おきよはおまちを座らせると、女郎屋にいた時の髷を解き、町場の内儀の髪型に結い直した。

おまちは手鏡で仕上がった髷を確かめると、

「ううっ……」

鏡の中のおまちの目から涙があふれ出る。

岡場所から抜け出せたのは、吉蔵たちのお陰である。

おまちは借金を負っていたが、平八郎や吉蔵に押し入られたことで、法雲もおつたもおまちの引き渡しを承諾せざるを得なかったのだ。

おきよは仕上げに、おまちの髪に銀のかんざしを挿してやった。

「良く似合いますよ」

「すみません」

おまちはおきよに礼を述べた。まだ夢の中にいるような心地である。

二度と昔の暮らしに戻ることは出来ないのだと、諦めて過ごすしかなかった女郎の暮らしから、まさか抜け出すことが出来るとは考えてもみなかったおまちである。

「おまちさん、いいかな」

店の方から吉蔵がやって来た。

「ありがとうございました」

おまちは、手をついた。

「おまちさんの親父さんと、亭主の弥七さんの念力が天に通じたんだ」

吉蔵も嬉しかった。だがすぐに真顔になって、誘拐される前後のことを、改めておまちに尋ねた。

「竹乃屋で武蔵屋のおかみさんと侍の密会を見た翌日のことでした。竹乃屋の近くで円蔵に匕首《あいくち》を突きつけられました。そして深川の花菱屋に売られたんです。まんだら屋に転売されたのは、一年前です」

おまちの話とこれまでに吉蔵たちが調べて分かっていたことに、相違はなかった。

「私、弥七さんの気持ちも考えずに、お上の御用に就いているという大変な仕事も考えてあげられなくて……ただ少しの時間も一緒にいたくて、帰りが遅いのなんのと責め立てて、おまけに腹だち紛れに竹乃屋の仲居の仕事に就いたんです。おとっつぁんに愚痴を言って心配させて……拐かされて花菱屋に売られた時、バチが当たったのだと思いました。私、酷い女です」

おまちはしみじみと言った。その時だった。

「親分、久松を連れてきやした」

金平が久松を連れて入って来た。

「姉さん……」

久松が走り寄る。

「久さん、ごめんよ。私のために弥七さんが殺されたって聞きました。久さんの言うことを聞いていればこんなことには……」

おまちは、久松に謝った。久松は首を横に振ると、

「弥七親分は姉さんのことが誰よりも好きだったんでさ。だからひとりで姉さんを探し出すと言って……でもよ、こうして元気で帰って来てくれて、きっとあの世で喜んでいるにちげえねえ」

「久さん……」

おまちの目から、また涙があふれ出る。

「おふたりが暮らしていた長屋は、あっしが片付けて、家の中にあった荷物は、親父さんのところに運んでありますから」

久松は言いながら、もらい泣きをする。

吉蔵は、おまちの心が落ち着くのを待って、久松と一緒に、おまちを実家に送り届けた。

「おまち……本当におまちなんだな」

おまちの顔を見た妻五郎は、顔を紅潮させて娘の名を呼んだ。そして、

「何処で暮らしていたんだ……何故姿を隠したんだ」

矢継ぎ早に妻五郎はおまちに尋ねる。

「妻五郎のとっつぁん、そんなにせっかちに尋ねちゃあ、おまちさんもこんがらがってたいへんだ。これからは水入らずで暮らせるんだ。ゆっくり、落ち着いてから訊けばいいんだ。せっかく帰ってきたんだから」

吉蔵がそういうと、妻五郎は頷いた。

拐かされていたことを話せば、そのあと岡場所に売られていたことも話さねばなるまい。

おまちが考えた末にどう説明するのか、それが何時になるのか、余命を切られた妻五郎に向かって、吉蔵たちが口を挟むことではない。

吉蔵たちは、親子の再会を見届けてから、妻五郎の長屋を出た。

十

「これは……」

武蔵屋の後家おはまは、店先で一枚の文を広げて仰天した。

「ただいま、野呂様から届いたものです」

そう告げたのは手代の為七だ。

いつも竹乃屋にはこの男が部屋の予約に行っている。為七は武蔵屋におけるおはま付きの手代である。

「おかみさま、何の知らせでございますか？」

おはまの表情を見て、為七は不安に思ったようだ。

「大変だよ、岡っ引の円蔵が捕まったというんだよ」

おはまは、読み終わった文を為七に渡した。

「これは……」

為七も文に目を通して仰天した。

「まさかこの武蔵屋に、手が回るってことは……」

為七はおはまの顔を見た。

「冗談じゃないよ。第一、証拠が無いじゃないか」

「でも、吉野屋の木置場の火事……」

と言って、為七は口に手を当てた。

「いいかい、お前と私だけが知っていることだ。この世の中で、誰も知らないことだよ。あの火事は近隣のどこからか火の粉が飛んできたものだろうと野呂様が片付けて下さったんだ」

「吉野屋の旦那の死は……」

為七の顔には更に不安が過《よぎ》る。

「ああ、まったくお前は……それも雪見の旦那が検死して、自死だとその場で言って下さった。それで終わっていることだよ。まったくお前は……」

苛立つおはまは、ここでふっと何か思いついた顔をして、

「おまえ、坂上《さかがみ》の旦那に文を届けておくれ。今したためるから」

おはまは急いで自室に入ると、隙間無くピタリとのり付けされた文を為七に手渡した。

「急いでね、いいね」

為七は心細そうな顔で頷いた。

武蔵屋の店を出た為七は、ためらい顔で店の表に視線を投げた。そして、諦め顔で店を後にした。

すると、物陰から吉蔵と金平が姿を現した。

「親分、ぁの男ですよ。為七って野郎は……昨日のうちに確かめておりやすから」

金平は言った。

吉蔵たちは後家のおはまに話を聞いて、場合によっては番屋に連れて行くつもりでやって来た。だが、つい先ほど、武蔵屋に文が届いたのを知って物陰に身を寄せて様子をみていたのだ。

すると為七が先ほどの文の返書を持って出て来たのだ。なんらかの動きを起こそうとしているのは明白、吉蔵たちは為七の後を追い始めた。

為七は動揺しているのか、何かに憑かれているのか、前を向いて脇目も振らず、大川端を北に向かって小走りしていく。

「なんだよあいつ、どこに行くんだ？」

金平はぶつぶつ零《こぼ》しながら吉蔵と後を追う。

やがて為七は、小名木川に架かる万年橋の手前を東に折れた。海辺大工町の河岸地に入ると、『だるま』と腰高障子にある縄暖簾の店の中に入って行った。

「坂上の旦那！　おかみさまからの文を預かって参りました！」

為七の声は、表の物陰に身を隠した吉蔵たちにも、はっきりと聞こえて来た。

「坂上の旦那と言っていやすね。何者でしょうか」

金平が小さな声で呟いた。すると間を置かずして為七が出て来た。

為七は店を出て来ると、大きなため息をついて引き返す。

「よし、坂上の旦那とやらの顔を見ておくか」

吉蔵が金平を促して物陰から出ようとしたその時、縄暖簾の店から浪人が出てきた。

人相の良くない浪人だった。血走った目をして、帰って行く為七の姿を捕らえた。

その手には、武蔵屋からの文が握られている。坂上はその文を無造作に懐にねじ込むと、為七の後を追い始めた。

——おやっ……。

嫌な予感がした吉蔵たちは、坂上浪人の後を尾けはじめる。

すると、万年橋手前、河岸地に立つ店が途切れてまもなく、人気《ひとけ》が無いのを確かめた坂上浪人は、為七の背後にむかって刀の柄を摑んで走り始めた。

「危ない！」

吉蔵は咄嗟に懐に手を入れると、鉛の玉を摑み出した。この玉には吉蔵の父親が残した絹をより合わせた凧糸がついている。

つい先頃吉蔵は、これにロウを塗った。糸は格段に強度が増している。

坂上浪人が抜刀して刀を振り上げた瞬間、

「為七、危ない！」

吉蔵は叫ぶと同時に、坂上浪人の手首に鉛の玉を投げた。

凧糸は生き物のように伸び、鉛の玉が坂上浪人の手首に蛇のように巻き付いた。

「ああっ」

坂上浪人は手首を引っ張られて、刀を落とした。

「おのれ！」

振り返って吉蔵たちを睨むが、次の瞬間、吉蔵は十手で坂上浪人の肩を打ち据え、足を掛けて浪人の体を地に落とした。

「金平、縄を掛けろ!」

金平が飛びかかって坂上浪人に縄を掛けた。

その懐から先ほどの文を摑み出して吉蔵は読んだ。

そして、わなわな震えている為七に突きつけた。

「読んでみろ」

為七は震える手で文を手に取ると読んだ。またたくまに顔色が青くなっていく。

「おはまの文にはな、お前を殺せと書いてあるぞ。お前の口を封じておかなければ危ないのだと……」

吉蔵の言葉に、

「あぁー!」

為七は、文を握りしめて絶叫した。

町奉行所の与力と同心の組屋敷は八丁堀にある。

与力が拝領している屋敷地は二百坪から三百坪、冠木門《かぶきもん》を入って行くと、式台付きの玄関がある。

ちなみに同心の組屋敷はというと百坪ほどで、門は木戸片開きの小門だ。

　この日、同心の組屋敷から出て来た雪見馬之助は、意を決したような顔で、亀島町川岸近くに屋敷を拝領している野呂富之助家の門をくぐった。

　玄関に向かって敷き詰められている石を踏み、式台の前で声を上げた。

「野呂様！」

　するとすぐに、目を血走らせた野呂が現れた。

　野呂の左頬には薄い痣がある。

「何だ、武蔵屋には伝えたんだろうな」

　野呂は言った。

「はい、円蔵が北町の黒駒の吉蔵とかいう岡っ引に捕まったこと、知らせました」

　雪見は平身低頭して報告した。

「ならばよし。良いか、わしはお前たちとは、いっさい関わりはない。良いな、忘れるな」

　野呂は厳しい目で睨む。

「承知しております」

「ならばよし。しばらくこの屋敷には近寄るな。帰れ！」

けんもほろろの扱いだ。

雪見は口惜しそうな顔で玄関をあとにした。

その足で亀島川に出た。円蔵が捕まっては、自分が助かる道はないのかもしれないと思うと気が塞ぐ。

――それもこれも、野呂様に命じられてやったことだ。

ところがその野呂は、もう屋敷には近づくなと冷たい仕打ち。雪見は川縁に立って川を見詰めた。

そもそも円蔵のような不埓《ふらち》な男に十手を預けるようになったのも、野呂の紹介だったのだ。

どこでどうして円蔵と知り合ったのか、雪見はこれまで考えてもみなかった。だがおそらく、旗本の三男坊で、しかも外腹《ほかばら》に生まれた人だと聞いているから、長じて放蕩な暮らしをしている時に円蔵と懇意になったに違いない。

与力にしては法も知らぬ男である。乱暴な決着をする野呂の子分に雪見がなったのは金が欲しかったからだ。

野呂のいうことを聞いていれば、雪見は金に困ることはなかったのだ。しかしここに来て、流石に恐ろしくなって来た。

──野呂の目の届かないところに行きたいものだ。

雪見は小石を拾って、川に投げた。水切りという投げ方だ。

小石は川の表面を滑るように飛んで行ったが、向こう岸手前で沈んでしまった。

「ちっ」

雪見は舌打ちした。

向こうに届けば、こちらの願いが叶いそうだと思ったからだ。

──円蔵のようにはなりたくない。

もう一度小石を拾って、手で小石の土を払い落としていたその時、

「雪見馬之助だな」

近づいて来たのは、平八郎と清五郎だった。

雪見は、石を落として平八郎たちに背を向け、走り出した。

「待て！」

平八郎と清五郎は追っかけて行く。

やがて雪見は、立ち止まって平八郎たちに向いた。

「円蔵が白状したぞ。妻五郎の娘を拐かし、女郎屋に売ったこと。おぬしと円蔵は、その金を山分けしたというではないか」

平八郎は、用心深く近づいて行く。

「来るな、斬るぞ！」

雪見は、刀の柄に手をやった。

平八郎は平然と、一歩一歩近づいて行く。

「またおぬしは、吉野屋の主は胸を刺されて殺されていたにもかかわらず、自死だと決した。弥七の時もそうだ。弥七も胸をひと突き、心の臓を刺されて死んでいた。こちらは行きずりの物盗りの仕業で片付けたというではないか」

平八郎は、ひとつ大きく息をつくと、険しい顔で、

「おぬし、恥ずかしくないのか。南町の同心じゃなかったのか」

ぐいっと歩み寄った。

「うるせえ！」

雪見は刀を抜いた。

だが、平八郎の方が早かった。

雪見の刀を一太刀で払い落とすと、雪見の喉元に刀の切っ先を突きつけた。

「くっ」

雪見は膝を地面に突いた。

清五郎が縄を掛けようとしたその時、平八郎は清五郎の手を止めて、雪見に言った。

「立て、縄はかけぬ」

雪見は、よろよろと立ち上がった。そして、

「ひとつだけ頼みがある」

縋るような目を平八郎に向けた。

「なんだ？」

「妻への三行半《みくだりはん》を書きたい。子宝にも恵まれず、我々夫婦は何度も大金を奉納して願を掛けたが、ひとりの子も生まれなかった。それだけでも妻にとっては耐え難いことであったと思うが、俺がこうして罪人となっては耐えられまい。小伝馬町に送られる前に離縁をしたい」

平八郎は一瞬胸を突かれた。

雪見夫婦の情景が浮かんだからだ。願掛けの金ほしさに、野呂にくっついていたのかもしれないと思った。

だが、罪は罪だ。しかも町奉行所の同心とあっては、犯罪に手を染めることは許されない。

「分かった。内儀のことは請け合おう」

平八郎は言った。

十一

翌日早朝、吉蔵は北町奉行所与力、金子十兵衛からの伝言を受け取った。伝言を持って来たのは小者である。

「急いで品川に行くように、との金子様のお言葉です。南の野呂与力が、組屋敷から旅姿で品川方面に向かったことがわかった。われわれもすぐに向かうとのこと！」

小者はそう告げた。

われわれというのは、平八郎のことを言っているのだろうと思った。

昨夜のこと、金子与力の屋敷に、平八郎、吉蔵と金平、そして清五郎が集まった。

円蔵、武蔵屋のおはま、為七、そして浪人の坂上、南の同心雪見と、今度の事件に関わった者たちを捕まえたが、最後に残っている野呂与力を召し捕るための談合をしたのである。

その時に金子は、

「お奉行には許可もいただいている。南のお奉行にも明日召し捕る旨、申し入れてくださるそうだ。よって、どのような手段を使ってでも、必ず召し捕るようにとのこと。北の威信を賭けてやってもらいたい」

そう言ったのだ。

ところが、今朝になって野呂が逃げ出したことが分かり、慌てて吉蔵に連絡してきたようだ。

吉蔵は金平と清五郎と三人で品川に急いだ。

汐留橋で金子と平八郎に会い、そこから五人で品川に向かった。

ところが品川に到着すると、宿場役人から野呂が先ほど馬に乗って西に向かったところだと知らされた。

「あの旦那は、急ぎの用があるとおっしゃって」

と宿場役人は言う。

「追っ手が来ることを承知で、一刻も早く、一里でも遠くまで逃げようという魂胆だな」

金子はいまいましげに呟くと、宿場役人に馬二頭を用意させた。

「わしと吉蔵が馬を使う。一刻でも早く追いついて野呂を召し捕る。お前たちも急いで追って来るのだ」

平八郎たちに言った。

「金子様」

吉蔵は困惑した顔で言った。

「馬を使うということは、走らせて後を追うということでございやすね。一刻も早く追いつくためだと思いますが、あっしが馬に乗っては後でまずい事になりはしませんか」

「いや」

金子は首を横に振った。

「お奉行は手段を選ぶなとおっしゃった。わしが責任を持つ。大事な捕り物だ。万が一後に何かを申すものがあったとしても、お奉行が許可したといえば良い。行くぞ」

金子は、馬に乗った。久しぶりの乗馬だったのか、宿場の者の手を借りて跨がった。

一方吉蔵は、ひらりと軽やかに乗る。

手綱を取った吉蔵の顔は、きりりとして勇ましい。

金子はそんな吉蔵の顔を頼もしく見ると、馬に軽く鞭を打った。吉蔵もそれにならった。

二頭の馬は、まずは速歩《はやあし》で品川の宿を出た。

品川の海から寄せて来る海風が、馬の背で上下する身体を撫でていく。

四半刻ほど行ったところで、前方に馬に乗った武士の姿を捕らえた。

「野呂だ」

金子が言った。同時に、行くぞ、という視線を送って来た。

二人は馬に鞭を打った。馬が速力を上げて駆け出した。

地を蹴る馬の足音が、吉蔵の心を引き締める。

すると、前方の野呂が気付いて、馬に鞭をくれた。

「ひひ～ん」

いきなり鞭を食らった馬は、前足をあげて驚いた様子だったが、駆け出した。

こちらも金子が鞭を打ち、吉蔵もそれにならって追っかける。

だがまもなく金子が馬を止めた。荒い息をして心の臓を押さえている。

「すまぬ。先に行ってくれ！」

構わず行けと、金子は叫ぶ。

吉蔵は金子の身体を案じながらも、野呂の馬を追っかける。

「あっ」

吉蔵は思わず声を上げた。

野呂の馬が旅人を蹴飛ばしそうになったのだ。

――いかん……。

早く止めなければと、吉蔵は二度、三度と鞭を打った。

疾走する馬を見た旅人は、何事かと驚いて道を空けていく。

吉蔵は、野呂の馬を追い詰めて、左側二間ほどにぴたりと付けると、懐から鉛の付いた凧糸を摑み出し、野呂目がけて投げた。

「ああっ」

野呂が悲鳴を上げる。

鉛のついた凧糸は、野呂の左腕に巻き付いている。

それをぐいっと引っ張れば、野呂を地面に叩きつけることが出来る。

「馬を止めろ、さもなくば落馬するぞ！」

吉蔵は大声で言った。

野呂は観念して馬を止めた。

「引き返す。妙な真似をすれば命の保証はできねえぜ」

吉蔵は言った。

四半刻後、吉蔵は金子や平八郎、金平、清五郎が揃ってやってくるのに合流した。

「吉蔵、良くやった」

金子たちが走り寄る。

「下りてくれ」

吉蔵は野呂に馬から下りるよう命じ、自分も馬から飛び降りた。

まもなく弥生三月の節句だというのに、昨夜は雪が降り積もった。だが、明け方になり、雨が降り始め、今はすっかり雪も融けて、大地も草木も洗い流されたようだ。

その雪消しの雨が止み、陽の光が御府内を照らし始めた頃、吉蔵は妻五郎が亡くなったと知らせを受けた。

急いで妻五郎の家を訪ねると、おまちが長屋の者たちから弔問を受けていた。

「吉蔵さん、父に再び会えたばかりか、こうして死に水をとってやることも出来ました。本当に感謝してます」

おまちは深く頭を下げて、妻五郎の方に向くと、

「おとっつぁんも、どれほど感謝していたかしれません」

ねえ、おとっつぁん、と呼びかけた。

妻五郎は穏やかな顔をして、眠っているようだった。

おまちを捜してくれと叫びにも似た言葉を発して、吉蔵に詰め寄った時の妻五郎とは思えない穏やかな顔をしていた。

おまちは、長屋の弔問客が途絶えると、

「私、女郎屋に売られていたことも話しました。だって、嘘はすぐにバレてしまいますもの。おとっつぁんは帰って来てくれたことだけで満足だと、泣いて喜んでくれましたから」

笑みをみせた。

「そうかい、それはよかった」

吉蔵は案じていた。だが、その後武蔵屋をはじめ野呂まで捕縛するのに忙しく、

妻五郎の見舞いに来ることはなかったのだ。

「一味は皆、今大番屋だ。今日か明日には小伝馬町に送られやす。まず命が助かる者はいない筈です」

おまちは頷き、

「おとっつぁんは最後に私にこう言いました。『お前に言っておきたいことがある。いいかい、お前は弥七を弔って生きるのだぞ。弥七が殺されたのは俺のせいでもあるんだ。お前がいなくなったことで弥七を責めた。弥七にはすまねえと思っている』。おとっつぁんは泣きました。そして、こうも言いました。『あの世に行ったら、お前が無事に戻って来たことを伝えてやるんだ』と……」

袖で涙を拭い、

「もとはと言えば、私の我が儘だったんです」

おまちは大きく息をつくと、吉蔵に向いて言った。

「もう少し経って、気持ちが落ち着いたら、私、久松さんと南町の岡っ引として働いてみたいと考えています。まんだら屋にいる仲間のことを思うと、ああいう人たちのためには女の御用聞きが必要なんじゃないかって思うんです」

「そうかい、親父さんも弥七さんも、きっと喜んでくれるにちげえねえ」

「その時には、吉蔵さん、岡っ引のいろはを教えて下さいね」

おまちは笑みをみせて言った。

吉蔵は妻五郎の家を、ほっとした心地で出て来た。

空を仰ぐと青空が見えている。

雪と雨が、嫌なことは全部洗い流してくれたようだ。

昨夜から雪が降り、雨が降り、気温は低く冷たい雪と雨だったと思っていたが、これは春の雨を象徴する万物生《ばんぶつしょう》ではないかと思った。

生きとし生けるものに新たな命を与えるという春の雨のことだ。

甲州の田舎に暮らしていた時にも、春先の雨は、枯れ野も山も芽吹きを促し、えも言われぬ心の高揚を感じていた。

吉蔵は久しぶりに心が晴れている。

——そうだ、おまちの様子をおきよにも知らせてやりたい。

吉蔵は急いで黒駒屋に帰宅した。すると、

「お帰りなさい、お客様ですよ」

おきよは、店の中で凧をあれこれ手に取って選んでいる少年を目顔で指して、にこりと笑った。

「これは、新太郎ぼっちゃまではありやせんか」

吉蔵が声を掛けると、くるりと吉蔵の方に顔を向けた新太郎が、

「今日は父上にも母上にも内緒で参りました。今は塾の帰りですが、どうしてもこの凧を見たくて」

金子の倅の新太郎だ。

「じっくり選んで下さいやし。気にいった凧があれば差し上げやす。そうだ、近くの原で揚げてみましょう」

「本当ですか！」

新太郎の顔が輝いている。

「はい、今日は探索もありやせん。ご一緒しますよ」

「わーい！」

無邪気な新太郎の声に、吉蔵はおきよと顔を見合わせて笑った。


（了）

この作品は「文春文庫」のために書き下ろされたものです

文春文庫

馬《うま》駆《か》ける

定価はカバーに表示してあります

岡《おか》っ引《ぴき》黒駒《くろこまの》吉蔵《きちぞう》

2024年5月10日　第1刷

著　者　藤原《ふじわら》緋《ひ》沙《さ》子《こ》

発行者　大沼貴之

発行所　株式会社 文藝春秋

東京都千代田区紀尾井町 3-23　〒102-8008
TEL　03・3265・1211㈹
文藝春秋ホームページ　http://www.bunshun.co.jp

落丁、乱丁本は、お手数ですが小社製作部宛お送り下さい。送料小社負担でお取替致します。

印刷製本・TOPPAN

Printed in Japan
ISBN978-4-16-792211-5

（　）内は解説者。品切の節はご容赦下さい。

藤沢周平
海鳴り（上下）
心が通わない妻と放蕩息子の間で人生の空しさと焦りを感じる紙屋新兵衛は、薄幸の人妻おこうに想いを寄せ、闇に落ちていく。人生の陰影を描いた世話物の名品。（後藤正治）
ふ-1-57

藤井邦夫
恋女房　新・秋山久蔵御用控（一）
〝剃刀〟の異名を持つ南町奉行所吟味方与力・秋山久蔵が帰ってきた！　嫡男・大助が成長し、新たな手下も加わってスケールアップした、人気シリーズの第二幕が堂々スタート！
ふ-30-36

藤井邦夫
騙《かた》り屋《や》　新・秋山久蔵御用控（二）
可愛がっている孫に泣きつかれた呉服屋の隠居が金を用立ててやると、実はそれは騙りだった。どうやら年寄り相手に騙りを働く一味がいるらしい。久蔵たちは悪党どもを追い詰める！
ふ-30-37

藤原緋沙子
切り絵図屋清七
ふたり静
絵双紙本屋の「紀の字屋」を主人から譲られた浪人・清七郎は、人助けのために江戸の絵地図を刊行しようと思い立つ。人情味あふれる時代小説書下ろし新シリーズ誕生！（縄田一男）
ふ-31-1

藤原緋沙子
岡っ引黒駒吉蔵《くろこまのきちぞう》
甲州出身、馬を自在に操る吉蔵が、江戸で岡っ引になり大活躍。ある日町を暴走する馬に飛び乗り、惨事を防ぐ。怪我人がいないか調べるうち、板前の仙太郎と出会うが……。新シリーズ！
ふ-31-7

藤原緋沙子
花鳥
生類憐れみの令により、傷ついた小鳥を助けられず途方に暮れていた少女を救ったのは後の六代将軍家宣だった。七代将軍家継の生母となる月光院の人生を清冽に描く長篇。（菊池　仁）
ふ-31-30

万城目　学
とっぴんぱらりの風太郎（上下）
関ヶ原から十二年。伊賀を追われ京で自堕落な日々を送る〝ニート忍者〟風太郎。行く末は、なぜか育てる羽目になった「ひょうたん」のみぞ知る。初の時代小説、万城目ワールド全開！
ま-24-5

（　）内は解説者。品切の節はご容赦下さい。

松井今朝子
老いの入舞い
麴町常楽庵 月並の記
若き定町廻り同心・間宮仁八郎は、上役の命で訪れた常楽庵で、元大奥勤め・年齢不詳の庵主と出会う。その周囲で次々と不審な事件が起こるが…。江戸の新本格派誕生！　（西上心太）
ま-29-2

松井今朝子
縁は異なもの
麴町常楽庵 月並の記
町娘おきしの許婚が祝言間近に不審な死を遂げる。「私が敵を討ちます」――娘の決意に間宮仁八郎は心を揺さぶられる。大奥出身の尼僧と真相に迫る江戸の新本格第二弾。　（末國善己）
ま-29-3

松井今朝子
江戸の夢びらき
命を燃やすが如き〈荒事〉によって歌舞伎を革新し、民衆から信仰のような人気を得た初代・市川團十郎はなぜ舞台上で刺殺されたのか。その謎多き生涯に迫る圧巻の一代記。　（岸田照泰）
ま-29-4

宮城谷昌光
楚漢名臣列伝
秦の始皇帝の死後、勃興してきた楚の項羽と漢の劉邦。覇を競う彼らに仕え、乱世で活躍した異才・俊才たち。項羽の軍師・范増、前漢の右丞相となった周勃など十人の肖像。
み-19-28

宮城谷昌光
三国志外伝
「三国志」を著したのは、諸葛孔明に罰せられた罪人の息子だった（「陳寿」）。匈奴の妾となった美女の運命は（「蔡琰」）。三国時代を生きた、梟雄、学者、女性詩人など十二人の生涯。
み-19-35

簑輪　諒
千里の向こう
龍馬とともに暗殺された中岡慎太郎。庄屋の家に生れた生真面目で理屈っぽさが取り柄のいごっそう（頑固者）は、魑魅魍魎が蠢く幕末の世で何を成し遂げたのか？　稀代の傑物の一代記。
み-59-2

（　）内は解説者。品切の節はご容赦下さい。

宮本紀子
おんなの花見
煮売屋お雅 味ばなし
お雅が営む煮売屋・旭屋は、持ち帰りのお菜で人気。気難しい差配、常連客の色恋、別れた亭主……様々な騒動に悩まされながらも、お雅は旬なお菜を拵え、旭屋を逞しく切り盛りする。
み-61-1

山本一力
あかね空
京から江戸に下った豆腐職人の永吉。己の技量一筋に生きる永吉を支える妻と、彼らを引き継いだ三人の子の有為転変を、親子二代にわたって描いた直木賞受賞の傑作時代小説。（縄田一男）
や-29-2

山本兼一
火天《かてん》の城
天に聳える五重の天主を建てよ！　信長の夢は天下一の棟梁父子に託された。安土城築城の裏に秘められた想像を絶する創意工夫。第十一回松本清張賞受賞作。（秋山　駿）
や-38-1

山本兼一
花鳥の夢
安土桃山時代。足利義輝、織田信長、豊臣秀吉と、権力者たちの要望に応え「洛中洛外図」「四季花鳥図」など時代を拓く絵を描いた狩野永徳。芸術家の苦悩と歓喜を描く。（澤田瞳子）
や-38-6

山本兼一
利休にたずねよ
美の求道者ゆえ、秀吉に疎まれ切腹を命ぜられた利休。心の中には若き日に殺した女がいた。その秘めた恋と人生の謎に迫る圧巻の第140回直木賞受賞作。浅田次郎氏との対談を特別収録。
や-38-10

山本周五郎・沢木耕太郎　編
山本周五郎名品館Ⅲ
寒橋（さむさばし）
周五郎短編はこれを読め！　短編傑作選の決定版。「落ち梅記」「人情裏長屋」「なんの花か薫る」「かあちゃん」「あすなろう」「落葉の隣り」「釣忍」等全九編。（沢木耕太郎）
や-69-3

（　）内は解説者。品切の節はご容赦下さい。

谷津矢車
おもちゃ絵芳藤
歌川芳藤に月岡芳年・落合芳幾・河鍋暁斎ら個性溢れる絵師が、幕末から明治の西欧化の波に抗い苦闘する。絵師の矜持と執念に迫る、歴史時代作家クラブ賞作品賞受賞作。（岡崎琢磨）
や-72-1

谷津矢車
雲州下屋敷の幽霊
背に刺青を入れられても恨み言一つ言わない女。貧乏漁師の家から吉原に売られた女。取り調べに決して口を割らぬ女――江戸時代の事件をモチーフに紡がれた珠玉の五篇。（田口幹人）
や-72-2

夢枕　獏
陰陽師《おんみょうじ》
死霊、生霊、鬼などが人々の身近で跋扈した平安時代。陰陽師安倍晴明は従四位下ながら天皇の信任は厚い。親友の源博雅と組み、幻術を駆使して挑むこの世ならぬ難事件の数々。
ゆ-2-1

夢枕　獏
おにのさうし
真済聖人、紀長谷雄、小野篁。高潔な人物たちの美しくも哀しい愛欲の地獄絵。魑魅魍魎が跋扈する平安の都を舞台に鬼と女人と恋する男を描く、「陰陽師」の姉妹篇ともいうべき奇譚集。
ゆ-2-26

吉村　昭
磔（はりつけ）
慶長元年春、ボロをまとった二十数人が長崎で磔にされるため引き立てられていった。歴史に材を得て人間の生を見すえた力作。「三色旗」「コロリ」「動く牙」「洋船建造」収録。（曾根博義）
よ-1-12

吉村　昭
虹の翼
人が空を飛ぶなど夢でしかなかった明治時代――ライト兄弟が世界最初の飛行機を飛ばす何年も前に、独自の構想で航空機を考案した二宮忠八の波乱の生涯を描いた傑作長篇。（和田　宏）
よ-1-50

文春文庫　最新刊

他者の靴を履く　アナーキック・エンパシーのすすめ　ブレイディみかこ
エンパシー×アナキズムで、多様性の時代を生き抜く！

飾結び　新・秋山久蔵御用控（十九）　藤井邦夫
飾結びの菊結びにこめられた夫婦愛…久蔵の処断が光る

馬駆ける　岡っ引黒駒吉蔵　藤原緋沙子
甲州黒駒を乗り回す岡っ引・吉蔵の活躍を描く第2弾！

神と王　主なき天鳥船　浅葉なつ
琉劔たちは、国民から「狗王」と蔑まれる少年と出会う

いつか、アジアの街角で　中島京子　桜庭一樹　島本理生　大島真寿美　宮下奈都　角田光代
あの街の空気が語りかけてくるような、珠玉の短編6作

朝比奈凜之助捕物暦　美しい女房　千野隆司
色恋を餌に女を食い物にする裏組織を、凜之助が追う！

その霊、幻覚です。　視える臨床心理士・泉宮一華の嘘3　竹村優希
失恋した姫の怨霊に、少女の霊との命懸けのかくれんぼ

横浜大戦争　川崎・町田編　蜂須賀敬明
川崎から突然喧嘩を売られ…横浜土地神バトル第三弾！

万葉と沙羅　中江有里
通信制高校で再会した二人を、本が結ぶ瑞々しい青春小説

クロワッサン学習塾　謎解きはベーカリーで　伽古屋圭市
学校って、行かなきゃダメ？　親と子の想いが交錯する

ナースの卯月に視えるもの　秋谷りんこ
病棟で起きる小さな奇跡に涙する、心温まるミステリー

ここじゃない世界に行きたかった　塩谷舞
ＳＮＳで大反響！　多様性の時代を象徴する新世代エッセイ

高峰秀子の引き出し　斎藤明美
生誕百周年。思い出と宝物が詰まった、珠玉のエッセイ

箱根駅伝を伝える　テレビ初の挑戦　原島由美子
〝箱根〟に魅せられたテレビマンが前代未聞の中継に挑む

台北プライベートアイ　紀蔚然　舩山むつみ訳
元大学教授が裏路地に隠棲し私立探偵の看板を掲げるが…

精選女性随筆集　白洲正子　小池真理子選
骨董に向き合うように人と付き合った著者の名文の数々